U0447713

人间旅馆

陈年喜 著

天津出版传媒集团
天津古籍出版社

果麦文化 出品

目 录

自序　　谁不是旅人　　　　　　　　　1

一　　阿哈，塔巴馕　　　　　　　　003
　　　马甲记　　　　　　　　　　　017
　　　深山旅店　　　　　　　　　　031
　　　庙嘴一夜　　　　　　　　　　045
　　　忆黄土塬　　　　　　　　　　062
　　　老四　　　　　　　　　　　　071

二　　水晶　　　　　　　　　　　　087
　　　苦芹记　　　　　　　　　　　101

	南阳小贩	115
	苦荞	131
	缝衣记	145
	骑摩托车的人	163

三	茯苓记	177
	橡子树	188
	年戏	200
	感冒记	214
	芦花年年白	221
	黄栌记	229
	武关荒芜	243

自序
谁不是旅人

昨天晚上看手机天气预报,有小雨,连夜把晾晒在房檐下的玉米收进了楼上。早晨醒来有些晚了,一缕阳光从玻璃窗上打进来,地上、床上,像铺上了一层新棉,我甚至嗅到了一股淡淡的飘荡的近于银杏果实的金色味道。是啊,二〇二四年的金秋,穿越茫茫地球纬度来到了。

爱人到渭北塬上给园子摘苹果去了。吃了饭,一个人坐在院边的核桃树下,为终于交稿的《人间旅馆》写点儿文字,重新打量正在走着的和已经走远的岁月、生死、悲喜,那些无边的风尘,再次打量半生漂荡的自己。虽然它们早已被打量了无数遍,虽然每次打量的过程和感受并无不同。

我这半生,与漂泊有关。

高中毕业那年,苦于我没有出路和希望,母亲翻山越岭,去找一位先生为我算命。先生说,此人命带驿马,一生奔波,不得安宁。我一路挣扎，拒绝命运的安排，但历程和结果，仿佛都在验证算命先生的成谶一语。

流徙岁月里，相遇和相交的事物数不胜数，它们似乎都可以绕过去，都可以忘却，唯有一物，无论是当初，还是今天，甚至将来，都不能忽略，那就是旅馆。在我漂泊的人生旅程中，旅馆和我的生活互为见证。

在散文《西安北站》里，我曾写过一段话："一生里，我们一次次出发，一次次惶然。车站是一个永远抽不完的签筒，我们用手里的车票，在这里抽出一张张上上签或下下签，从这里占卜和掷赌命运。而每一张签的抽出，都需要很大的勇气和力量。"这里，把车站换成旅馆，同样适用，一点儿也不违和。本质上，旅馆也是车站，车站也是旅馆，都是出发、回归和暂时寄身的地方。

作为行走求生计的人，几十年来以及今天，我总是在和旅馆打着交道，进矿前，下山后，所有来来去去的赶赴中。拿到了工资，住得好一点儿，十元几十元的；身无分文时，住三元五元甚至不用付钱的车马店。旅馆也是一个社会、一个江湖，经营者、行骗者、得意者、失败者、亡命天涯的人、呼风唤雨的人……每个人都有来路，每个人都有去处；每个人都没有来路，每个人也没有去处。他们身上有太多承载，他们是横撇竖捺,写着自己,也写着这个世界。但要记录他们,也并非易事,因为我也是匆匆过客,萍水相逢,擦肩而过。所以这些文字,并不深入和完整,它像电影镜头,远观或拉近,多为匆匆一瞥。需要说的是,其中的一些人一些事与具体的旅馆有关,一些人一些事与具体的旅馆无关。有关与无关,它们都发生在旅程里。人间,本是一间大旅馆。

我不是一个勤奋的人,散漫、感性、焦虑,没头没尾,失败者的元素在我身上体现得淋漓尽致。十几篇故事,断断续续写了两年,组稿编辑都换了两茬儿。我没什么才华,知道自己的局限,写作并不是我喜欢的事情,只是身体多病,身无所长,做不了别的。这些文字是一面镜子,从中能看到一些你不曾见过的人和不曾经历的生活,也能看见我的身不由己,趔趔趄趄。

没有人可以活两次,没有人可以两次踏入同一条河流。旅馆还是那些旅馆,旅馆已不是那些旅馆;人与事物还是那些人与事物,人与事物已不是那些人与事物。文章何为?唯真唯情,我试图抵达之处远未抵达,好在生活和事物本身已包罗万千气象。

人生天地间,忽如远行客。生活中,命运里,谁不是旅人呢?

二〇一六年秋天的某个黄昏,在北京东郊草房到皮村的公交车上，我看见夕阳余晖里，几个异乡人坐在一家旅馆门前的台阶上，抽烟，对视，说话，默默无语，兴奋和焦虑交织。他们一生中的这一天，联结着眼前陌生的旅馆。是啊，夕阳坐过的台阶和映照过的人早已风流云散，夕阳坐过的台阶和映照过的人又永远都在。

陈年喜

二〇二四年十月二十七日

一

细想起来,人世间的事比雨点都多,
但总的说来无非两件事:相逢与别离。

阿哈,塔巴馕

一

矿上放假两天,我们打了辆车,去心心念念的托里县城转悠,打发无聊的精力和时间。托里县城是距离我们最近的城市,神秘又繁华,对我们来说,那是一个天堂般的存在,来半年了,我们从来没有去过。

从铁厂沟赶到托里县城的这天下午,正好赶上了一场大雪。这是一场我们从来没有见过的大雪,以至于第二天早上起来,出县的班车基本都停运了。我们得到的消息是,为了除雪,很多地方动用了铲车或推土机。我们都惊叹不已,但对于当地人来说,这是司空见惯的事情,一点儿也不影响他们按部就班的生活。

县城旅馆很少,也不像其他地方那么热闹,街面上的招牌一点儿也不醒目。旅馆是停留和出发的地方,这里很少有人停留，也很少有人出发，因为基本没有外来者。曾听采矿工程部的老李头说，几千年前这里很繁华，匈奴、塞种、乌孙在这里打杀、生死，闹花灯一样。但那都是历史了，与今天无关，也与我们无关。我们找了家不起眼的小旅馆住下来，三个人要了一个大间，加上位置偏僻，讨价还价一番，算下来省了不少钱。我们住一楼，厕所在三楼，但这一点儿也不影响剧烈的尿臊味拾级而下，光顾每个空间。老板是个汉族人，在县城深耕很多年了，一根老油条。我们当然只能接受，骚是骚点儿，但它便宜啊！

小旅馆后面不远的地方是山的世界，看似很近，但实际很远，"看山跑死马"说的就是这种山地情景。有一座山很高，尖尖的顶，白雪皑皑，急迫的大雪还在为它增加高度。后来我们才知道，那就是有名的尖尖山。

对于这里，我们知道的只有老风口。出了老风口，就是哈萨克斯坦，听说每年都有人和牲口在那里冻死。我们知道老风口，是因为矿上的人说，有人冬天在那里开铲车铲雪清路，一月能挣两万多，还能买到走私的便宜东西，有一种弯刀削铁如泥。那是我们向往的工资和生活。我们向老板求证这是不是真的，他讳莫如深地说自己也不清楚。我们对他很失望，但换一家店住已不可能。这个老男人让人很不喜欢，但他有一个带酒窝的年轻女人，很好看，待人很温柔，我们因此便原谅了他。旅馆里住了不少人，吵吵闹闹，乱七八糟。他们中的一些人为雪所困，一些人下山买东西回不了山。这些人的牲口或车就停在街边上。

从旅馆起床，已是中午十一点多，对于夜短昼长的西部之西的托里来说，这个时间可以算作中午，也可以算作早上。雪已经停了，远处的山峰像一群奔跑的白骆驼，凌乱又有序，风是它们的嘶鸣，蓬松的雪花在嘶鸣中起落飞舞，晃人眼睛。听说托里县最有名的面食是塔巴馕，我们三个在街边的一家小馆子里各要了一份。在托里，人们早餐差不多都是吃馕，就着奶茶或肉汤豆浆。这里一天的生活，从一碟塔巴馕开始。

店家的生意太好了，打馕的速度跟不上吃馕的速度，只能现打现卖。我们也不着急，看着老板热火朝天忙里忙外，看着人们哈着冷气出出进进。新疆大部分地区盛产春小麦，而托里县全境差不多全是春小麦。据说春小麦面粉比冬小麦面粉细腻、筋道，适合制作面点。从新疆人以馕和包子为主食的习惯看，这个说法无疑是成立的。新疆的面点，进入了国内其他地方，也走向了远邦异域，深入到地理和时间深处，这不是没有道理的。

店主有一嘴好看的小胡子，不浓，但黑，彰显着他的活力。

我们看着他把面粉倒入盆里，加温水，搅拌成絮状；再用手揉搓，让它们充分融合，直至面团变得光净、富有弹性；之后，用一块湿布盖起来，等着发酵。整个过程和任何一个地方蒸馒头的揉面过程没有区别，不同的是，我看到加入面粉的水有些黏稠，颜色黄里带白。水里加入了什么，比如牛奶，比如鸡蛋，还是别的什么，我们看不出来。面团发酵很费时间，需要夜里先揉出一部分以备早上使用。无论东西南北，做餐饮都不是一件容易的事情。

老板把发酵好的面团分成若干小剂子，将剂子擀成圆形面饼，擀好的面饼上撒上芝麻，有的撒上盐和作料，放进烤盘。烤炉分为上下两层，上层用于烤制面饼，下层用于燃烧柴火。他将烤盘放进烤炉上层，用柴火加热。烤炉立即变成了一孔窑炉，烟雾升腾，飘向瓦蓝的空中，又被大风吹得干干净净。烤制过程中，老板不断翻动面饼，让它上下受热均匀。面饼两面呈现金黄色，表面鼓起时，饼就熟了，也就变成了馕。由饼变馕的过程仿佛一道魔法。出炉的馕鼓鼓囊囊，像要炸裂。

后来我才知道，托里县城边上有数不清的胡杨树，烤馕用的柴火就是它们。咬一口，塔巴馕充满了胡杨木的清香。后来的岁月里，我跑遍了南疆北疆，尝出各地的馕味道和口感上都有不同。我猜想造成这些不同的原因可能是烘烤它们的材料有差异，比如说用煤和用电。

街上的雪被车碾脚踩，很快融化掉了。有人赶着马匹，有人赶着骆驼，有人赶着羊群，从街上走过。马车牛车在街上铃声叮当。他们从不同的地方来，做交易或路过，然后又去往不同的地方。在外人眼里，他们只是风景；在他们眼里，这就是生活。桑田沧海，我知道这里曾经是乌孙古国。

吃完了馕，逛了一阵子街，除了人的味道，就是牲口的味道，它们共同组成了烟火的味道，这味道从未间断，还会传之久远。我们要回去了，要回到克拉玛依矿上，那里有无尽的白班和夜班等着我们，等待我们源源不断地开采出金子。我们完成了一场新鲜之旅，把无聊和无聊的时间彻底打发掉了。无聊和无聊的时间前赴后继、无穷无尽，能打发它们的只有新鲜事物，而新鲜的事物总是有限的。

在回矿上的大巴车上，我们认识了阿哈，他要去克拉玛依市里买一台电视机。他是一位有些英俊的哈萨克族青年，头发桀骜地竖着，牙齿雪白。他说自己是牧民，就住在县城后面的山上。对于我们来说，阿哈和他的生活就是一种新鲜事物；可能对于他来说，我们和我们的生活也同样。

二

一个月后,阿哈成了我们矿上的同事。他的名字太难记了,我们都记不住,就叫他阿哈,这样既顺口又省事。他在选厂打石头,料仓口的矿块太大太硬了,破碎机根本没有办法应付,要用大锤敲碎。打石头一般需要两个人,一左一右,哼哈二将似的。十八磅的大锤高高举到天上,重重落下来,这个落下不是自然的落,而是要暗蕴一股蛮力,巧妙又精准,矿石应声冒一串火星或裂成几瓣。打石头的活儿也不常有,只有矿茬很厚、爆破工不能完全爆碎时才有。阿哈和他的伙伴断断续续,有时来选厂上班,有时回去放羊。

阿哈又来打石头了,这次不同于往日,他从村里一下带来了六个人,六个青壮年。两个人一班,一班八小时,车轮战。矿石这段时间太多了,三个井口,提升机二十四小时不停。尤其三号井的矿茬有两米厚,一排炮下来,有四五十吨。选厂给六个人安排了一间大宿舍,架子床。后来,阿哈又叫来了一个女孩给他们做饭,他们不吃矿上食堂的饭菜。她是阿哈的妹妹,叫库米丝。在哈萨克语里,库米丝是银子的意思。小姑娘库米丝像一块闪闪发亮的银子。

有一回放了工,没事干,转到阿哈他们宿舍。两个人在料仓口上着班，四个人在家吃饭。桌子上有馕、肉干、奶疙瘩，还有油茶，别的我不认识。库米丝为他们端饭倒茶，风风火火。她给我拿了一块肉干，我推辞不掉，只得放嘴里嚼，味同嚼蜡。我把其中的一半揣在口袋里，带回宿舍给同伴吃，同伴一边嚼，一边嘟囔：好吃，好吃！我遗憾没有带一块馕回来让他们尝，库米丝打出的是正宗的塔巴馕，但当时我不好意思讨要。

对于我们来说，他们和他们的生活是一道谜，哪怕是在同一个矿区，每日相见。因为他们对外基本不说话，不与人交往，像机器一样沉默。好多人都在猜，但没有人能猜透。库米丝爱骑摩托车，摩托车是从托里县老家骑过来的。他们有事情，也会骑摩托车回去，来回四百多里地，像开飞机一样。这台摩托车的离合器坏了，很难换挡，很难起步和停下，但一点儿也不影响库米丝骑得英姿飒爽。矿区四周有很多小山包，无枝可依的各种鸟喜欢落在上面，向远处张望。我登上过它们，从上面可以看到更远的地方，有的地方是戈壁，有的是草场，更遥远的烟或尘像梦一样升起。库米丝骑着摩托车冲上去，冲下来，身后扬起一股黄尘。黄尘滚滚，试图抓住她，但没有一次成功。这里有一种蚊子，异常凶猛，它们躲在草丛里，谁一旦惊动了草丛，它们会奋起"追杀"入侵者，它们中的勇士在库米丝的额头上留下过几个好看的红包。

在戈壁上,东西南北对于我们一帮外来人来说,根本没有区别。太阳出来了,我们记住了那是东方;太阳落下去,我们知道了那是西方。可哪一天突然阴了天,雾气笼罩四野,我们哪个方向都搞不清了。当然这也不影响什么,我们只管干活儿,其他的都与我们无关。只是有时候放牧的牧民气急败坏地问我们:"看见我的羊没有?"我们东张西望,四方莫辨,结结巴巴回答:"哦哦哦,早上看到了,好像在西边的坳里。"过一会儿我们又更正道,"不对不对,是南边的坳里。"

但那条小河我们还是弄清了它的方向,在正北方。至于它叫什么名字,从哪里来,到哪里去了,我们不知道,也懒得知道。我们之所以知道它,是因为清亮的河水可以洗澡。开始当然也不知道离选厂那么远的地方有一条小河,是阿哈告诉我们的,他说经常有羊群在那里喝水。这条小河,也许是他骑着摩托车野跑时发现的,也许是他们这种缺水的人对于水有着天然的感知。那天,他骑着摩托车载着我和张壮去小河里洗澡。这辆摩托车就是坏了离合器的那辆,只能在奔跑中凭着惯性换挡,这项技术好像只有阿哈和他的同伴才有。这辆很有名气的摩托车长期停在他们宿舍门前,所有人费尽了力气和心思也没办法换挡起步。

小河不小,比我老家的峡河大多了。河边有几棵树,却几乎很少有草，小河就在那里别开生面地流着。也许它的上游和下游有丰美的水草，有人烟和牲畜，但我们看不见，也去不到。阿哈说："你俩洗吧，我给你们看衣服。"阿哈不洗澡，也不知道是害羞还是没有野外洗澡的习惯。其实这野天野地的，连只鸟都没有，哪里用得着看衣服。我甚至巴不得，正洗着澡，一只鹰从云里钻出来，像《西游记》里的某个情节，叼起我们的衣服飞得无影无踪，我们光着身子走回去。那样我们就有理由请假了，去奎屯或克拉玛依买一身新衣服。

河水很凉，但凉得恰到好处，相比于冰冷，已经降格了一个层次。它也许来自冰雪，走了很长的路，穿过炎热的夏风、山石、草木，换了心性，这心性正适合我们的皮肤。这一段河水平静又狭长，但不深，河沙是亮白色的。我从来没见过这么漂亮的沙子，从河底捞一把，在水面揸开五指，它们随水波滑落，可以看到它们粒粒饱满、晶莹，有的接近半透明。我知道，它们的主体是石英，石英多与矿脉有关，河流的源头某处一定有金矿或别的矿脉，这是我的专业。

正洗着澡，一匹马从远方嘚嘚地跑过来，上面一个人，看不清是老是少是男是女。在矿上，我经常看见牧人骑着马从路上经过，他们不是去集上买东西，就是去寻找牛羊。有几回天黑了，他们就把马拴在机房的铁柱子上，也不说话，直挺挺躺在机器旁的地上，立时就呼呼睡去。天亮了，打马而去。马渐渐近了，听声音是个女的："阿俄，家里找你找不到，你却在这儿睡觉。"我和张壮这才注意到，阿哈靠着树睡着了。阿哈猛地从地上跳起来，用身子挡住来路，嘴里喊："不要过来，不要过来。"我知道来人是阿哈的"哈尔恩达斯（妹妹）"。

原来是阿哈有个伙伴突然拉肚子，让他回去顶班。料仓必须二十四小时有料，班不能停。

库米丝骑的是那位牧人的马，那个吝啬家伙的马让一个女孩子骑，真让人羡慕，他的马从没让我们碰过。我猜想不让我们骑，不是怕把我们摔坏了，而是有一回他驮了一百多斤牛肉要卖给矿上，主管硬说是死牛肉，坚决不要，这当然是想杀价，最后他只好一元一斤卖给了我们灶上。

夏天很热很长，像没有尽头。白天还好，忙着上班，各在各的岗位上。到了晚上都无事可干，天又热，大家都穿着大裤衩，光着膀子"斗金花"，一斗一个通宵。天亮了，接着上班，精力不减。青春真是个好东西，又是个坏东西。那时候流行"斗金花"，又叫"炸金花"。"斗金花"是我们生活中非常重要的一部分。

整个夏天，我们除了上班、打牌，就是洗澡。在这条叫不上名字的小河里，我们洗了不下五十次。洗澡也不是为了干净，为了什么，我们也说不清。开始是年轻人洗，慢慢矿上那些年龄大的人也爱洗了。河里总是漂满白花花的身体。阿哈或库米丝有时给我包一包奶干，有时包一包塔巴馕，他们说洗澡饿得快。有一天洗着澡，张壮突然问我库米丝多大了，我说谁知道呢。过一会儿我告诫他，别生坏主意。张壮赶紧说，不会，哪敢啊。

库米丝到底多大了，有没有男朋友，一直是个谜。不过，这个谜也没有解开的必要。

三

秋天到了，秋天让戈壁更加高远。

那天夜里打牌打到了凌晨三点，我输了三百，张壮输了五百，口袋都变得空空如也，只好散场。在牌场上，我俩都是好输家，又都乐此不疲。我们穿着大裤衩子走出工棚，去野地里方便。一阵风吹过来，我们的衣服和头发随之扬起，向四方乱飞。张壮捂着身子说，秋天来了！

我们的工作面下扎到了三百米，除了越来越硬的石头，什么也没有。都说新疆在亿万年前是海底世界，坚硬无比的岩石再一次作出证明，它与数年前我们在山东渤海下面遭遇的岩石一模一样。工程部的人说，只管往下扎，到位了，自然就见矿脉了。我们就继续往下扎。

活儿越来越难干了，越往下，石头越硬，完成一茬爆破过程，要八九个小时，中途除了喝水，还要吃一顿饭。我和张壮把机器停下来，啃井上放下来的馒头。当然没有菜，就馒头的，有时是几个苹果，有时是一根大白萝卜。苹果很甜，萝卜水灵，对于馒头来说，都算得上是绝配。张壮说，要是有块馕多好，都是面粉，怎么馒头就不顶饿呢？吃完了馒头，我们接着做活儿。为了防止落石头，井口加了盖板。关了井盖，我们就完全陷在了黑暗里，得靠头灯的光亮。

每次下井时，我都会告诉井口值守的四川女人别关井盖，我们在下面很难受。开始她不敢违章，平淡地说："有啥难受的，不都是那样干活儿吗？"我说："不一样，有天没天不一样。"她看看天上，瓦蓝的天空，又轻佻又庄重。她点点头说："哦，懂了。"每次我上班时，她就开着井盖。我们干一阵子活儿，就抬头看看天空，有时有云飘过，有时有鸟飞过，更多时候什么也没有，就那样干干地蓝着，不知道为什么，但就会觉得还有东西在和我们做伴，孤独和害怕就少一些。

罐提升一趟要二十分钟，出渣越来越慢。原来一天一夜两班,可以下扎四米,后来变成二十四小时一个半班,再后来,变成了一个班,只能下扎两米。老板很着急,就只有加派人手,人多力量大,四个人的活儿六个人干,自然就加快了进度。阿哈被抽调了过来。他由一名打石工变成了一名渣工,也算是升级了,他很高兴。

有一天,快要下班了,石渣只剩下两三罐。阿哈仰起脸看井口的天,井上起风了,风吹进井口,像吹口哨,呜呜长啸。风把平台上的乱草吹上天空,有一粒小石子儿被吹了下来,石子儿越落越快,最后变成了一粒子弹,钻进了阿哈的眼睛里。眼睛里容不得沙子,也容不得石子儿,阿哈那只眼睛慢慢变得什么也看不见了。

阿哈不能再在井下干活儿了,又回到了选厂打石头。

事情发生那天,我不在场,也记不清在哪里了,可能在牌场,也可能去了牧场。那个放牧的人同意让我骑马了。那真是一匹好马,能驮着两个人飞跑。

我想起来好长时间没去过选厂了,也没见过阿哈和库米丝了,就买了一袋苹果去看他们。

他们都穿上了厚厚的冬装。阿哈戴着墨镜,我知道镜片后面有一只眼睛在看我,还和从前一样高兴。

库米丝的皮衣领口有一圈羊毛,风一吹,好看极了。

四

又一个冬天到来的时候,所有人终于吃到了塔巴馕。矿洞和选厂被当地一家公司收购了。大家都要离开了,当然也包括阿哈和他的伙伴们,树倒猢狲散。那一天,阿哈和库米丝打了一架子车的馕,推到工人食堂。那真是一场壮观浩大的塔巴馕盛宴!

作为风景的库米丝就要还给原来的风景了,阿哈也将回到山里的草场去放牛羊,这多少让人有些不舍,但这又是没有办法的事情。我记得有一回老板对阿哈说:"我儿子大学要毕业了,让库米丝给我做儿媳吧。"阿哈说:"不要对我说,那是她的事情。"老板猜不透这是一种开放,还是拒绝。后来老板破产了,回家收破烂儿,儿子在西安送外卖很多年,一直没有结婚。

这些年,我常常做梦,有些梦与自己有关,有些梦与自己无关,有些梦很长,有些梦很短。有一回,梦里我骑着一匹高大的骆驼,一手塔巴馕,一手奶酒,边走边啃边饮,骆鞍上还挂着两只口袋,里面全是塔巴馕。我像一个富翁,嘚嘚地走过托里县城,春风得意,去往遥远的乌孙故国。

马甲记

一

我有两件马甲,县城的房子里放一件,老家放一件,两地冷暖两不误。

马甲的前身无疑是铠甲的一种,顾名思义,它首先是战争的产物,后来才演化出日常保暖作用。我们距离金戈铁马的冷兵器时代日益遥远,但马甲并未退场,它以更加繁花似锦的款式保护和温暖着我们的身体和生活。马甲曾护送过一程又一程历史,也加持过无数的命运,有人临风高歌,有人青海白骨甲革埋。

我常年处在咳嗽当中,深秋开始,初夏结束,时长横跨大半个年程。最好的保暖物件,无疑是马甲,我的肺和身体也越来越离不开马甲的庇护了。每个人身上都有一个物件,或显或隐，或有名或无以名之。与大多数人不同的是，我将穿着一件马甲，走向天边的浮云落日。

我偏爱它们火红的颜色，总觉得火红与火有深深的关联，甚至就是火焰本身，觉得火红的马甲套在身上益增暖意。每回骑摩托车出远门，除了一身防风衣，最后一定要穿上火红的马甲，既保暖又有标志性。它让一个人与世界区别开来，又融为一体。而对于其他衣服的颜色，我倒是随意。

有时细想起来，这种对马甲、对红色的感觉和亲近或许与某些记忆有关。

二

二〇〇六年，在帕米尔高原喀喇昆仑山边缘一角。

工队的生活用水要到十几里外的叶尔羌河去拉。驻地门前有一条流水又清又亮，哗哗啦啦不舍昼夜，但用它洗过的衣服可以站立不倒，泡开的茶难以下咽，不知含了什么成分，又涩又苦又硬。拉水的司机是一个哈萨克族青年，他有一辆红色雅马哈摩托车，一件红色马甲。他经常骑上摩托车，穿一件火红色马甲,在广阔到望不见天边的戈壁上飞驰,英姿飒爽让人心驰神往。没事的时候,我也请求骑一阵子。我记得有一次骑过一个地方,左边是浓绿青杨,右边是无边杏林,一条湛蓝的大河从中间奔涌流过,去向不知何方。此时杏花正开,粉红的、浮云一样的杏花在村庄周边和上空飘荡。村庄像一件静物,仿佛被它托起又放下,村庄和炊烟被映衬得更加简朴古老,又现实又梦幻。有人告诉我,这是库斯拉甫小镇,一个维吾尔族村庄。后来的日子里,这里成为我和工友常常光顾的地方,吃一份拌面,或给家里打四元钱一分钟的卫星电话,看维吾尔族少女在扑身的灰尘里传说般走过。

青年司机有一块小小的白色和田子玉,我有一块白色的电子手表。他最大的愿望是用那块玉石和我的手表交换,我一直拒绝的原因是,在没有时间可依的喀喇昆仑山深处,需要电子表掌握早晚。

为了证明玉石的真实和珍贵,他总是把它揣在衬衣的上口袋里。那件衬衣领口上绣着好看的纹饰,曲曲绕绕的银白丝线图案,再往上,是一个初钻出胡子的下巴。只有见到我,他才把玉石掏出来。他拔一根头发贴在上面,让我用打火机去点燃,我点了无数次,每次头发都完好无损。我看见过相同的情景,这是当地人检验玉石真假的有效方法之一。

青年司机的名字有点儿长，我一直没有记住，每次打招呼，就用一个"嗨"开头。他对我也同样。我有时喊他"嗨"，有时喊他"老哈"，前者喊得更多一些，也显得更尊重一些。嗨的家在阿图什，我去过两次。其中一次是去参加爆破资质培训考试，在这座城市里待了半个月，那时候虽然我们已经在矿山认识，但我并不知道他住在这里。阿图什是一个容易让人忘记的地方，感觉它和南疆所有的城市大同小异，相同的风沙，相同的建筑，街上走过的每一个人也基本相同，包括空气的气味。我唯一记住的是那永远明亮的阳光，这里好像永远不下雨，从早到晚阳光同样明亮，明亮得任何东西都一览无余，没有了阴影，连杨树下的阴凉也是明亮通透的。女人们的青春和服饰因为阳光明亮而无比鲜丽。

嗨的父亲是一个铁匠，加工马掌、农具及各种小铁器。现代加工业的发展同样使这一古老边缘的职业受到冲击，他后来把一些精力用来加工皮绳。工业制造虽然无所不及，但似乎还没顾上涉足手工的皮绳行业。皮绳就是用动物毛皮做成的绳子，结实，用途很广，工艺复杂，因此他们一家的日子还过得去。那一天，他们热情招待了我，有肉有奶，我第一次吃了馕和甜得无以复加的无花果干。嗨的父亲那天赠给我一把小刀，刀头像翘起来的拇指，有些丑，但无比锋利。两年后，这把刀在北疆的克拉玛依某地的地窖子里，完成一个工友屁股上的包疖手术，并掉在了一道砖缝里，完成了它不甚闪耀的一生使命。

嗨说他们那里有一座金矿，而金矿对于一个爆破工来说总是充满诱惑，让人想象它的丰富和财富的唾手可得。许多年后，我终于明白的一个道理是，金子永远与掘金人无关，但那是后来的事了。那一天，他开着车带我去看金矿，我记得它叫塞斯布拉克金矿。一路上，他的火红色马甲因与山地的苍黄对照而更加醒目。金矿在富蕴县，高山大谷，沟壑纵横，公路也没有。我们只见到了矿，没有见到金，显然这是个贫矿区。我们都很扫兴，因为因金而起的发财梦破灭了，而下一个梦不知道还有没有，在哪里启程。我们不得不掉头回到原来的工作和生活。回来的路上我们都不说话，只有车轮飞转，高山和戈壁向车后纷纷倾倒。在一个突出的山脚，出现了一个小村子，几十户人家，旁边有一个水泊。水泊是村庄的依托，人必须依水而聚，天南地北都一样。我们看见一群人抬着一个人在戈壁上走，缓慢得像蚂蚁搬家。这是他们的葬礼，有人死了。这些人没有吹吹打打，好像也不悲伤，他们将把一个人抬到山边埋掉，这是他们一生里数不清的事情中的一件，重要，也不重要。天地巨大，时光漫长，人群的缓慢与无声，与旷大时空的沉默无限匹配。

嗨除了给我们工队拉水，也给沟里面的另一个工队拉水，那是河南人开采的矿山，两个矿山相距大约五里。两家的水，都要去叶尔羌河里拉，给谁家先送，得看谁家催得急，也看嗨的心情。河南人开采的矿山规模大，人多，用水就用得多，两家加起来，嗨有时一天要送三四趟水，都说嗨一年下来挣不少钱。除了拉水，嗨有时也接些别的活儿，比如去城里接人和送人，买菜、买材料，总之，有干不完的活儿，挣不完的钱，他总是有活儿就接，有钱就挣。

河南老板很有实力，据说他们县有钼矿，在钼矿如日中天的那些年，河南老板近水楼台挣了很多钱，后来钼矿不行了，他就来到这里投资。五年后，河南老板和我们老板一样，空手还乡，带回大病一场。这中间，有一些事我曾亲见，一些事只是听说，而更多的人和事没有人知道，被风吹干吹净，像没有发生过一样。

河南人的矿山开得早两年，他们把山体打了好多窟窿，一直没有找到矿脉。因为找不到矿，他们变得更加疯狂，我每天都能听到他们的炮声，离我们越来越近了。

他们一定也得到了一个消息，在我们所在的山体背后，有一道横亘地表的铅矿，那是个连羚羊也难以到达的地方。

据说消息来自一个牧羊人，他住在山的背后，放了几百只羊，过着隐士一样的生活。那是一个没有人迹的小盆地，有草有水，但没有人烟，没有商店。有一次，牧羊人带着三匹马来库斯拉甫购物，三匹马驮子上被架得满满当当，这个牧羊人显然很有钱。在饭店吃饭时，他无意中透露了铅矿的消息。消息长出了翅膀，翻山越岭，传到了无数人的耳朵里，也引来了不少冒险家，但没有一个人能找到进入小盆地的入口。也许盆地根本就不存在；也许存在，但其实没有入口。在庞大的喀喇昆仑山系里，这种无法进入的、天坑般的地方俯拾皆是。

终于下了一场雨，虽然只下了一个多小时，但雨量很大，一场急风暴雨。工队前的小河一改温顺，显示出了野性。几天后，寸草不生的山坡上钻出了几棵小草，嫩绿得让人心生爱怜，它们可见的短暂命运，不是被干旱枯死，就是被野羚羊吃掉。小河边有一种藤生植物，从地上向空中努力地抬起头，人们叫它野西瓜。据说上面结出的小西瓜对风湿有奇效，但现在它只有花，还没到结果的季节。我们都盼望还有第二场、第三场雨，保证它结出野西瓜，大家身上的风湿和正在到身上的风湿太需要它了。

这时候我们接到了一个任务，翻山越岭去探察铅矿的规模和价值。小分队由三人组成，嗨、我，还有小邹。小邹是四川人，一个索道工，不惧蜀道之难的人。接到消息，我有五雷轰顶的感觉,我知道这是一场赴死的冒险,不说路程的未知和情况的复杂凶险,单是眼前可见的这座山就太吓人了,那不是山坡,是飞崖,征服它,无疑是上青天。但酬金丰厚,完成探察任务归来,每人五千块。至于回不来的待遇,老板不说,我们既不好问,也不敢去想。

带着望远镜、指南针、绳索、地质锤、毯子、肉干、饼干和水,我们出发了。因为是夏天,所以虽然喀喇昆仑山昼夜有很大温差,但还不至于冻死和热死人,这就省了带帐篷。嗨依旧穿着他的火红色马甲,我和小邹每人一件警用反光马甲。在工棚,一群人高端"小白杨"酒,为三只马甲壮威送行。

三

用了一个中午,我们终于爬上了高高的山顶。

站在山顶上,我们兴奋又沮丧。山对面依然是山,海浪一样铺排过去。往身后看也一样,一座比一座高耸,一座比一座光秃,所有的山都是一个模样。我们知道,凶险和秘不可测就在它们的相似里,也在它们的不同里,但如果有意外,结果是一样的。山风猛烈，吹打着我们，三件马甲似要脱身而去，猎猎飘动，无比醒目。对面的山上如果有人或动物，他们看见的一定不是人，而是三件夸张的马甲。

往哪个方向走，我们都同样茫然，嗨的当地经验、小邹的蜀道经验、我的矿山经验，在这里都失效了。经验只对相同或相似的情况有效，而眼前的境况超越了我们的经验。我们用望远镜向远处观察了又观察，用指南针指示了无数远方，都没有发现人烟和矿脉的迹象。我们商量了一阵儿，得出的结论是，一直往前走，如果找到了铅矿，就立即带上矿样回营；如果找不到，三天后也一定回营。

无论往哪里走，都得先下山，然后再上山，或者顺着河谷走。我们手脚并用，向山下攀去。

天渐渐暗下来了，气温渐渐降下来，我们终于下到了山底。眼前的谷地很短，也很窄，因为没有水，寸草不生，地上一层白乎乎的盐碱。显然，牧羊人和他的羊群不会生存在这里。金属矿脉总是伴水而生，哪怕是难见形迹的地下水，这是我很多年工作实践得来的经验。所谓"金水互生"，五行之说并非无稽之谈。这也就意味着目前我们的矿洞穿山打到这里也是没有意义的。这一刻，我看见了两家矿山未来的相同命运。

我们决定住下来，天亮后再做选择。山脚边有两块大石头，靠在一起，中间的空间形成了天然的帐篷。这是从山上滚落下来的巨石，从棱角的损蚀程度看，显然时间还不是太长。吃了饼干和肉干，喝了水，我们蜷在一起，睡下来。正是月初，月亮还在山那边没有升上来，天上的星星异常明亮，也异常近，似乎触手可及。满天的星星杂乱无章，像翻了一地的花生，地太肥了，花生一颗颗都长爆了。星辉薄薄地铺在我们身上、脸上、地上，又清冷又温柔。小邹有些感慨，指着天空说："看人家新疆的星星才叫星星，我们四川那叫啥鸡娃子星星！"白天的热量慢慢退去，空气越来越凉，河谷有风，好在不大，被石墙拦阻在了外面，有一些钻进来，又出去了。

嗨睡着了，打起了羊腥味的鼾声，高低顿挫。我和小邹怎么也睡不着，想起来烧火，但都知道没有柴，连干草也没有，只得干躺着。小邹不属于我们工队，他属于另一个团队，他们的团队有七八个人，专业架设高山索道。他们的任务快完工了，他很快要回去了，但他不想回家，他说自己没有家了。我说怎么会没有家，他说家破了。我们抽着烟，他讲起了家里的事。

六年前，小邹他们接了个大活儿，架一条三千米的索道，一家私矿运矿石用，地点在马尔康。马尔康也在四川，但远得像在另一个省，也穷得像在另一个省。他们到的时候是四月，天气还有些冷，山上的杜鹃刚开，一坡一坡的杜鹃花，娇美得像才出嫁的女人。我一直对马尔康有杜鹃存疑，后来查了资料，果然有，一种高山杜鹃。

那时候小邹才结婚两年，老婆彩云刚刚怀孕。头三四个月，并不影响干活儿，工队也需要女工，小邹就带上了彩云。除了日常所需，他们还带了一把刀，那把刀的刃上有两个醒目的字"还击"。刀是在小摊上买的，不知来历。在山里，刀也是日常所需之一。事情就坏在了那把刀上。

三千米长的索道，非一日之功，工队二十几个人干了三个月，才做完了两头的基础工程，接下来要完成架设钢索的工作。架好了钢索，工程就算完成了。架钢索是玩命的活儿，除了沉重，还有紧张，有时候到关键处，好几天不能下工地。

一连忙了十天，小邹回到工地的家，第一眼发现彩云鼓鼓的肚子瘪下去了，人也瘦了一圈，丑了一圈。小邹问怎么回事，彩云死活不回答，问到最后，彩云终于说出了小邹出门后那个晚上发生的事。

小邹对着锋利的刀刃吐了一口痰，把它掖在腰间，心里说，终于用上你了。

那个人比小邹壮得多，走南闯北，也狠多了，更主要的是还有钱。小邹知道明火执仗不是对手，只有暗里解决，解决的方式有很多，刀头见血是一种，而见血只有偷袭才有胜算。小邹只扎了一刀，那人就倒下了，并不如想象中的那么强悍。小邹想让他在这个世界上消失，但那一刀扎错了地方，被骨头挡住了。小邹吃了五年牢饭，回到家，彩云不见了，听人说嫁到了云南，又听人说跟人去了东南亚。世界茫茫，人比一根针还小，小邹找了一年，杳无音信。他心里知道，一个人要消失，找也等于不找。

时间大概是半夜了，月亮升起来了，虽然离圆满还有好多天，但已经光芒十足。地上清辉无涯，一直铺陈到山那边的异国，像初亮的清晨。

我说："不想回家就不回了，跟着我干。"小邹说："除了在天上架钢丝，我啥也不会。"我说："你能上得了天，也能入得了地。"小邹说："师傅，那我们这次得活着回去。"

三天后的下午，我们终于攀上了回程中的最后一座山顶。山中三日，山下也是三日，眼前的世界一切如昨。我们又听见了熟悉至极的机器声，看见了忙碌和无聊的人在矿场上晃荡、跑动。他们一定也看见了我们，远远地向我们挥动手臂。我们的身后和头顶是日近黄昏的瓦蓝天空，没有一丝云彩。在他们眼里，飘荡的三件马甲该是多么鲜亮的风光啊。

我们向老板汇报了情况，交给他几块品位极低的铅矿矿样。

他把它们丢在墙角，小声说："我知道了，这情况对谁也不要讲，让它烂在肚子里，当啥也没有发生过。"我们回："懂了。"他挥挥手说："去财务领辛苦费吧！"

四

有一天，我想通了，打算和嗨交换。对于我来说，它只是一块十几块钱的电子表，但对于一个以戈壁为生活世界的他族青年，它的作用和意义可能大不同，它或许可作为向同伴炫耀的宝贝，或许可作为讨女友欢心的信物。而最主要的原因是，矿山工程虽然在继续，但我计划回家了，在我老家小镇的地摊上，这样的电子表俯拾皆是。

上完最后一班，从矿坑走出来，我看见天空辉煌，一轮夕阳正向着西亚方向落去。

到了山下后勤驻地，我问机师傅，嗨什么时间拉水回来，机师傅说："再也不会回来了，他的车子碰上了被地震从山上震落下来的石头。"我被重重击打了一下，我能想象出那个场景、那个结果，想说什么，却又什么也说不出来。在来这里之前，我查过百度,这里每天有数百次地震发生,有一些没有震感,有一些很厉害,具有破坏性。这里在数亿年前是海底世界。到了这里,遍地矮小的石头房子,被沙子和水打磨得浑圆的卵石,印证着百度词条的准确。

一件红色马甲搭在一根晾衣绳上,一头连着崖石,一头连着机房的水泥柱子,那是一根废弃的电线。起风了,马甲飘飘荡荡,像一面火红的旗子,像有关胜利,也像有关失败。我知道它与什么都不相关,只是这个平常不过的黄昏的一部分。夕阳渐渐下沉,马甲渐渐黯淡,一会儿,隐没在夜色里。

我摘下手表,轻轻放进它的口袋里,那只口袋有些浅,边缘毛糙,留下太多手进进出出的痕迹。我随手拉上了拉链,拉链有些涩滞,拉严拉链的瞬间,借着夜光功能我看了一眼时间:2006年5月11日,10:45。

深山旅店

一

有一年,我们到甘肃省两当县太阳乡一个叫月亮岔的地方开金矿。

大队人马从县城赶到山下的时候,已经是下午四五点钟了。当时是农历正月初,具体是初几,我早忘记了。季节才出了隆冬,春天还早。这里是真正的秦岭腹地,山比我见过的所有的山都高大、嵯峨、苍茫。往东看,山顶连接着天际,往西看往北看也一样,只有南面犬牙交错地裂开了一道山口,供河水向外流淌。我们十几个人,仿佛被大山绑架了,困身囚笼,都有些愁苦。

这时候天上飘起了雪花,雪花开始零零散散,有一下没一下,不一会儿,越飘越急,越飘越大,雪片像被撕碎了的棉花朵，铺天盖地，扑人耳目。

工头指挥大家搭帐篷，但搭帐篷不是一时半会儿能完成的事，大雪不给我们时间。大伙儿把床板往地上一摆，盖上大塑料布，我们都拱了进去，摊开被褥各就各位。好在塑料布足够多，它们是准备用来在山上搭工棚的。

大师傅老张顶着大雪埋锅造饭，点了一次又一次火，一次又一次都灭了。他搓着手对大伙儿说，今晚没饭吃了，都顶到明天再说。大伙儿七嘴八舌，有的说行，有的说饿死算了，有人长叹一声气，嚷嚷着：唉，林冲还有个山神庙呢！

河谷很窄，一半是河水，一半是河滩，流水汩汩，河滩冷清。眼下是枯水期，如果是夏秋季节，就没有河滩什么事了，都是流水的世界。远远的，可以看到下游山脚的人家，瓦顶泥墙，房子低矮。屋顶上烟气袅袅，向天空里飘散，显然不是在做饭就是在烤火。后来的日子，我们到村里小店买东西，知道这里只剩下了三十几户人家，大部分靠采山上露头的金脉炼金子生活。

工头是郑州人，但他只是个带工的，初试身手，没什么经验。出资的幕后老板是他堂哥，堂哥在某黄金支队做总工，手里掌握着不少资料，月亮岔的黄金就是这些资料里的资源之一。这些幕后的事情我们当然一无所知，但又不能不打听一二，大家跟着一个陌生人来到这里冒险,至少要知道这一场活并不是盲干。

二

天晴了,雪停了,天蓝得又干净又冷冽,一尺多厚的雪掩盖了山山岭岭。大伙儿从塑料布里拱出来,抖掉塑料布上的雪,抖擞身体里不多的精神。老张再次埋锅造饭,找不到干柴,工头允许动用准备用来发电的柴油,山谷里顿时烟雾缭绕。工头指着一个山头对大伙儿说,矿就在那上面。除了一坡的树和树上的雪,我们什么也看不清,但都知道金子就藏在下面的山体里,等了我们上亿年。

吃了饭,一些人留在原地,搭帐篷、立锅灶,这里将成为我们以后进出的大本营。工头带着我和张锁上山,去选洞址。

我们三个带了一柄大锤,两根钢钎,几包炸药。爬了好大一阵儿,只前行了几十米,个个气喘吁吁,衣服都湿透了。张锁说:"这是上天,哪是上山。"我说:"不行,路上力气都耗光了,到了地方也干不动活儿了。"工头说:"那就找个人,帮我们背脚。"我和张锁说:"只有这样了。"工头冲着山下喊老张,让他到村里找个人,帮着往山上背东西,做向导。

来人是一个中年,也许是青年,可能很长时间没有刮过脸了,胡子占据了三分之二的脸面,给我们造成了辨认困难。当然,青年、中年对于我们并不重要。他说他叫毛子,以后有活儿就找他,又说家里开着小旅店,以后有人来可以去他们家住。我们都有些惊诧,他能干活儿可以理解,但这么偏僻的地方,怎么会开旅店。他说:"你们不知道,以前村里人可不少,来这里找金子的人像走马灯一样,往来不绝。"我问:"找到金子了吗?"他说有人找到了,大部分人没找到。我问:"到你家住店的人多吗?"他说:"有,但不多。说是旅店,也不是,就是有房子空着,外来的人有个歇脚的地方。"我懂了,那不叫旅店,只能叫"黑店",黑店当然不都是干谋财害命的勾当,而是没有名分。它本来只是给漂泊的人、断路的人、亡命天涯的人提供暂时栖身之处,却被很多人书写成了险恶江湖。当然,人间本就是一个大江湖,它们只是其中的一滴水。

终于爬到了山顶。准确地说,这里只是无数山头中的一个,普普通通。向四处看,山外有山,天外有天,天地无穷无尽。工头说:"就在这里,夏天的时候,我哥让人带我来过。"他指着地上说:"你们看,被人采过的金脉。"果然,山梁上有一道像蚯蚓爬过的痕迹,那就是矿脉,被人动过,乱石一地,雪掩盖又暴露了它。毛子说:"这是我们干的,好矿也可能在山的深处,我们没有家伙,没有办法。"我知道他说的家伙是现代工具和炸药,同时也知道了村里人的营生,他们把露头的矿石凿下来,就地堆浸提炼,回收金子。这样的方法我在别处也见过。采金、炼金在民间有好几千年历史,比官家早得多。那是一个行业,也是一个江湖,有说不尽的故事和传说。张锁用大锤砸开了一块儿石头,果然有硫与铅的合金体,金就混在其中。

洞址最终选在了岭下半坡上一个稍微平坦的地方,这样的地儿既方便施工,也方便搭帐篷生活。从此处出发,把巷道往山体里掘进,就可以截住矿脉。

我和张锁几乎异口同声问工头,机器哪天上山。早一天开工,我们就能早一天挣钱,这很要紧。工头说后天,我问几个立方的机器,他说四个。我知道这是一种小型空气压缩机,立方是它的动能气压。机器小是小了点,但没有办法,没有路,大家伙儿上不来。

下山路上,雪薄了些,也不那么冷了。我们不时摔倒,又爬起来,像在进行一种表演。在某个摔倒的瞬间,我想起来,工头姓刘,单名一个宏字。

三

走进毛子家的小旅馆，是半年后的事了。

半年里，我们把巷道往山体里推进了三百多米。某一天下午，一茬炮爆过后，我们终于抓住了矿脉，像穷途末路的猎人终于追上了藏得深远的猎物。但糟糕的是，矿石品位很低，经过多次化验，含金量都不足五克。

有一天晚上，我听见工头给他堂哥打电话，他的郑州方言里带着哭腔："哥，咱上当了。"那边说："咋啦？"他说："有矿没金。"那边说："今天没金，不代表明天没金。"他说："难不成金子还在长？"那边说："不在前面，就在后面，跟着金脉走。"他说："我懂了，还是心里怕。"那边说："我不怕，你怕个啥。"他说："哥，那中，我都半月没吃成饭了。"

我们调转方向，跟着金脉往前掘进，以前叫穿脉，这次叫沿脉。的确，说不定在某个地方会有抓住一窝好矿的可能，这样的概率也有，但小之又小，得靠时间和运气。我们爆破工能做的，就是紧紧抓住金脉，不让它走丢了。工人们都有些气馁，如果老板最后颗粒无收，我们将连糠都没有一把。无论工头怎么从地上说到天上，信誓旦旦，我们都得有两手准备。

毛子不属于工人，但已经是工队里不可或缺的一员，矿上的所有材料都由他从山下背到山上，大到柴油、炸药，小到一根葱、一颗螺丝。但要说和他混得最熟的还是我，接下来是张锁，最后才是工头。我问毛子，知不知道哪里还有金脉，沙金也行。他神秘地说："知道。"我说："在哪里？"他说："到我家里说。"

毛子的家在村子最东头，一个小院子，三间主房，两边各两间厦房，混砖结构。这在村里显得比较高档，别人家都是土墙乌瓦，没有院子。我们从曲曲弯弯的村子里走过，一些人家里飘散出氰化物的气味。他说老婆陪孩子在县里读书，基本不回来，他的父母早已不在了。主房现在由他一个人住着，厦房各有两个房间，就是所谓的旅店。

我进房间看了下陈设，就一张床，别无他物，与正规旅店的规格相去甚远。这里显然好久没有住过人了，但还是留下了一些客人的气息，有他们带不走的行李、工具，甚至有一个小小的淘金用的簸箕。

我问："你是咋发财的？"毛子说："给人带路。"我问："带啥路？"他说："找金子。"我突然想起，这不就是叶尔羌河边的带路找玉人吗？在喀喇昆仑山下，有不少靠给外地来的冒险家带路找玉矿为生的人。

虽然已经是夏天，但晚上的空气还是有些凉意。毛子从客房里拿出一件外套让我披上。他说衣服是湖南客人的,那家伙个子高,所以衣服适合我穿。我说咋能穿客人的衣服。毛子说没事,都两年没消息了,也许活着,也许那人早死了。我们开始在院里喝酒,没有菜,他去地里摘了一堆黄瓜和青辣椒,用它们蘸芝麻酱。酒是苞谷烧,当地人用玉米自酿的土酒,酒有些刚烈。

天上好大一轮月亮,地上遍野清辉。我发现秦岭上的月亮要比别处的大得多,也新得多,仿佛刚刚换上去的,那个旧的也许坏了,不能用了,被扔在了山那边。我问山那边是不是天水,毛子说不是,是徽县。他喝一口酒,说徽县比两当大多了,金子也多。我说:"这我知道一点儿,但听说很多金老板在那里赔掉了裤子。"毛子说:"那是大干家,干大了,不赔才怪。徽县是窝窝金,一窝一窝的,只能小发财,不能大发财。我带人常跑徽县,哪里都到过。"

苞谷酒很有后劲儿,一塑料壶喝到一半,我俩舌头都大了起来,两张嘴,除了吃喝,就是吹牛,没天没地没遮没拦。月亮爬上了天空,地上的人影像两只敦实的狗熊。毛子说:"干脆从矿上辞了算了,我带你去找金子。"我说:"不行,那是我的饭碗,一个月能挣四五千呢。"他说:"我知道,可那山里不会有好矿,我们村里年轻人在山头上都采了好几年了,没有发财的。"我说:"有勘测资料的,不是盲干。"他说:"资料算个屁,没有我的资料准。"

毛子打开床头柜,拿出一个纸包,一层一层剥开让我看,是一张张手绘的地图,几十张,有的崭新,有的已经泛黄,有的用钢笔,有的用铅笔,像一幅幅初学者的水墨画。他说:"这是我的藏宝图,我十几年的经历都在这上面,从来没让别人看过呢。"我有些受宠若惊,说:"你不怕我泄露天机?"他说:"不怕,你不会的,我见你第一眼就断定你不会,你是一个靠谱的人。"

那天晚上,我和毛子通腿而睡,借着酒劲儿,我问了很多问题,他回答了很多问题,有关于金子的,有与金子无关的。他高中毕业回来后就再也没有出去,他说喜欢这里。中国黄金储藏版图很复杂,但对于有黄金梦的人来说,也并没有什么秘密可言。但对于大部分人来说,大图有,小图无,细到实处的节点永远是陌生的,这就像大海里捞针,需要有实地条件和经验的人领航。毛子说他带了不下百十个淘金客,有的很大方,有的很吝啬,有的找到了,有的空手而归。他说,要说有故事的人,这些人都是。他讲了这样一个故事:

有一年冬天,有个福建人请我带路找金,找了半月,终于在一条沟谷里找到了一条金脉,那是一条真正的金脉,估计十斤石头能烧一斤金子。但那人太奸猾了,一天拖一天,不想付我辛苦费,我就没告诉他实情。我做了标记,回来画了图。不过那地方太远了,应该还找得到。等我俩都有时间了,我们去找。

我最后问他:"你家旅店是不是为这些淘金客准备的?"他说:"是,也不是。关于旅店的故事,比金子的故事丰富得多,也传奇得多。店里收留过一个搞传销的人,骗了人几千万,后来出事了,有钱不敢花,也不敢回家,被骗的都是亲戚朋友,包括他老丈人。小店住过的人,不都是穷人,也有大人物,叱咤风云的。旅店的事,以后给你讲。"

那一夜,我们谈论的结果是,我一边给矿上工作,一边跟着毛子干私活。我知道,工队最多坚持到冬天,之后就要解散了。

我们入睡前最后一次起来撒尿。我看见月亮岔像一艘巨大的不规则的船,偏西的月亮让船体一半明亮,一半灰暗。大船静止不动,静止了千年万年;又像在往前行走,走了千年万年。

四

矿里工人们闹罢工，工头刘宏去向他堂哥要工钱。张锁和我跟随毛子去寻找金子。

我们从毛子家出发，向徽县的一座山走去。他为我们准备了三天的干粮——炒面和一些工具，有绳有刀，还有检验金子的器具。出发的早上，他家里还住着两个淘金客，湖南隆回人，一男一女，焦急地等着他引领。毛子对他们说："不着急，三天就回来了。"那两个湖南人说："那你带着我们，人多力量大。"毛子说："那不是一回事，不是一回事。"

我们走了整整一天，翻过了数不清的山，蹚过了无数条河。山高林密，树木和石头古老得让人害怕。太阳落山时，我们终于到了一个地方，一条河谷。毛子说，到了。他拿出自己绘制的地图看了看，说就是这里。我们在一个石洞里过夜，吃干粮，一夜醒醒睡睡，做了许多梦。

第二天早晨，我们吃了干粮，顺着河谷往上走。河谷有时窄，有时宽，有时陡峭，有时平缓。每一段路上的鸟叫声都不相同。毛子说，听不到鸟叫时要注意，秦岭有大蛇出没。张锁挺着一柄长刀，说不怕，不怕。但我看得出，他很害怕。毛子一路讲了很多故事，大部分内容当然只是传说。他最后总结道，金由水生，但金子比水深多了，深得没底。

前方有一棵大树，树干端直，高约十丈，也不知道是什么树，在树林里鹤立鸡群。毛子说，到了。一道陡崖，在前面出现，上面有很多条石纹垂挂下来，有的凸起来，有的凹下去。我知道那是氧化带，大多富含金属矿物。

我们用凿子在氧化带上凿下石末和石块，放到一只随身的碗里用酒瓶碾压，用水淘过后，下面留下一条金属末。毛子说："不对，这是铜。"我们又换了一条氧化带，如法炮制。毛子说："也不对，这是铅。"从早到晚，攀上爬下，我们凿尽了所有的氧化带，没有一条是含金的。毛子很沮丧地说："怪了，明明是这里，明明是这里呀。"我安慰他说："没事没事，金子的事，哪有那么容易。"张锁说："回吧，干粮吃完了，我们得死在这里。"

我们往回走。上山不容易，下山也不容易，前者是希望，后者是绝望，绝望要沉重得多。走到一条小溪边，渴了，我们扒开沙窝，等水喝。等了一会儿，水清了，清澈的水映着下面的细沙。毛子抓出一把沙子，在碗里淘了淘，沙流尽了，后面出现几粒亮亮的东西，我们一下认出来，那是狗毛子金。

毛子说，这一回我们可能走错了方向，但也没有走错方向。我试图用指南针记下位置，但没记下。毛子在纸上添了一笔，说放心吧。

五

坑口东边有两棵巨大的黄栌，像两兄弟，都有合抱粗。秋天的秦岭层林尽染，气象万千，但都以黄绿为主，唯有两棵黄栌的叶子是红色的，红得奔放，兴高采烈，像两堆火焰。

毛子一语成谶，这巨大的黄栌作了他最后的归宿。

有一回，我俩坐在树下啃他从街上带回来的烧鸡，啃着啃着，一枚叶子落下来，落在他的脚前。红透的叶子好看极了，像浸了血，深浅斑驳，红得庄重，红得怆然。他捡起来看了看，突然说："要是将来能睡这两棵树，该是多好的事呀。"我说："不就是黄蜡柴吗，有啥好稀罕的？"他说："桑五十，柏百年，黄栌千年不肯烂。这可是好东西呢。"我说："别想那么远，咱还年轻不是。"他说："人这辈子，早走晚走不由自己啊。"

毛子最后死于肺癌，这个病有些凶猛，有些残忍。

有一天，他对我说他好像是病了，老是咳，还咳血。我让他快去查查。他去县里医院查了，回来前后一个多月就不行了。

我那一次去看他，他只剩下皮包骨头。他说："兄弟，有两件事求你，一个是去把那两棵黄栌砍了，给我做一副好棺材。还有，你把这些图收好，我用不到了，除了你，也没有人可托付，没人能懂。"回到矿上，我带着张锁，用炸药炸倒了两棵黄栌。

二〇一一年八月十六日，一口黄灿灿的黄栌大棺送毛子上山。

如今，我常常翻看这一张张藏宝图，它们都已泛出黄渍，一些字迹变得模糊。那些山川、河流，那些圈圈点点的沙金与岩金分布点，开口说着什么，又一语不发。它们像一幅幅水墨画，简简单单又深藏玄机。我有时看懂了，有时什么也看不懂。现在，看懂与看不懂都没有了意义，我已离开这个行业很多年，也病了很多年。有一天，我把它们投进了炉膛里。它们在火焰里挣扎了一阵儿，化成了灰烬。我知道一生里，一些事正在开始，一些事彻底结束了。

这个世界上，再没有谁需要，也没有人能看懂这些纸张，以及它们身后的人和事，那些惊心动魄与平常。

庙嘴一夜

一

翻越陈耳岭的时候,已经是下午三点半了。

天阴沉得厉害,整个岭头笼罩在灰蒙蒙的冷气里。岭头上看不到一棵树,枯草败枝被风吹光了,都是裸岩。一条极不规则的波浪线横呈在天地相接处,逶迤断续,不见尽头,哪里还有晴日的风起云涌、激荡风流?石门洞U形的洞门朦朦胧胧,看不真切。那是陈耳岭最高的地方,也是世界上最敞亮的地方,一年四季里,过往的人和骡子,都要在那儿歇脚。

公路在东闯结束。我们在大平洞的平台上歇了一会儿,准备爬山。这平台是会车、倒车的地方,也是生活生产物资集散地。眼前可见的好几家小商店、小诊所都倒闭了,只有一家由四川两口子开的饭店还开着。我们三个分别买了火腿和面包,水就不用买了，上岭下岭路边的石窝子里有的是山沁水。老板娘挺着孕肚，一边给客人炒腊肉，一边给我们取东西。她说她男人到西闯给人背脚去了，要晚上才回来。

山太陡峭了，小路不得不呈之字形折折叠叠往上延伸，看着岭头不远了，其实还有很长的路要走。没有经验的人，常常天黑被困在岭上。东子有尘肺病，一路大口喘气，就不能走得太快，走一阵儿歇一阵儿。我和潮分担了他的行李。

潮一路走一路埋怨："我说明天走，偏要现在走，不信你们看吧，上不到岭上，就要下雪了。"我也一肚子怨气，但说不出来，毕竟，他们两个是我招来的，弄成这个结果。但情况是，实在没办法再在工队住一夜，中午吃饭时，工头都没有招呼我们上桌，明摆着是在赶我们走。

不是不想干，是实在没办法干了。来之前，四川工头在电话里对我说："挣钱肯定能挣到钱，就是石头硬，上班时间长。"我问："有多硬？"他说："一颗钻头半个眼。"我见过硬石头，一颗钻头半个眼的情况也见过，但硬石头变化也快，硬过一阵儿就过去了。我说："没事。"谁知道，石头的硬度远超想象。第一个班，带的是马蹄钻头，二十颗钻头的合金都被磨秃了，只打出了五个孔，装填了炸药，爆破下的矿石还没有一架子车。第二个班，我们要求换成梅花钻头，结果钻头的合金豆一颗一颗像豆子一样掉落。我们干脆停了机器，坐下来抽烟。

主巷道上矿车隆隆，进进出出。浓稠的柴油烟像糨糊一样塞满了巷道，实在没地方去，就向着这边的岔巷游荡。东子一边抽烟一边咳嗽，一边咳嗽一边说话："只有一个办法，把石头拿到工厂，让厂技术人员根据石头的硬度配对合适硬度的合金，我在新疆这样干过。"我捡起地上的包装纸看了看，显示产地是阳谷县。阳谷县在山东，出过武大郎和潘金莲的地方，如今出矿山产品，但远水解不了近渴。我说："这事不该是我们三个来解决的，我们是工人，不是老板。"潮说："今天就向工头汇报，不换个采场没法干了。"但我知道，洞子很多地方都给人家打穿了，基本没有了实体，都接近报废了，哪里还有采场？我们收拾了家什，下班向工头汇报情况。

二

果然，离岭头还有一里多路，天下起了雪。

先是一阵风，从坡底刮上来。地上的草、叶子、灰土，甚至小石子都随着风在空中乱舞。那些轻瘦的草、硕大的叶子越飞越高,失去了方向,飘飘忽忽飞过了岭头,而岭头那边不时也有草和叶子飞过来,分不清它们的原产地在哪里。不用猜,陕西地界也起大风了。风一阵赶着一阵,一阵猛过一阵。我们都知道,在这儿,风一起,没有一天一夜不会停下来。东子趴在一块石头背后躲着风,紧张地说:"我们会不会冻死在岭上?"我说:"不会,只要我们不停下,就冻不死。"

说话间,雪落了下来。

终于爬到了石门洞。石门也叫风门,一个天然的凹形豁口,陕豫两省的风常年在这里穿梭、汇聚。风剥雨蚀,脚踏蹄踩,豁口更像一道门洞,只是少了上面的那道横楣。

雪开始是一片一片的,稀稀疏疏,在空中身不由己,过了一阵,变得密密实实,一些追上了另一些,打成了结,抱成了团,风似乎搅不动它们了,很快在地上堆积了起来。过了豁口,风从坡底往上刮,像一波又一波的浪头,刮得人鼻不是鼻眼不是眼,推撞得人东倒西歪。我们都想着南边的风雪会小一些,谁知更猛。好在隐隐约约可以看到庙嘴了,那里有村里人开的小饭店、小旅馆。我们都清楚,那是唯一的救命稻草,要不想冻死在岭上,就得死命奔下去,天黑之前赶到。

回头看,黑山、亚武山、西闯、东闯,都笼罩在飞舞的大雪里,高高低低耸立的裸岩更加花白了,像一道道从天上垂挂下来的瀑布，静止不动或随风飘荡。

陕西地界的矿口要比山那边河南地界的矿口稀疏得多，规模也小，那边所有的矿道都穿山越岭，打到了这边，巷道打穿的事件多如牛毛，所以常常发生争斗。

矿上并不因为一场大雪而停止生产。矿车冒着热气出了洞口，到达料仓口时，矿石或渣石就变白了，像蒙上了一层白毡，苦了倒矿斗的工人，一串矿斗倒干净，都变成了雪人。

骡队人欢马叫，雪和风让牲畜们兴奋不已。下山的骡子，上山的骡子，在相遇的一瞬，不忘咬一口、踢一脚。驮了重货的骡子虽占了居高临下的优势，怎奈上山的骡子无货一身轻，快马利刃，总是干个平手。赶骡人会留下一匹空骡供自己骑乘，他们在后面压阵，戴着肮脏的狗皮帽子或毛线帽子，一路骂骂咧咧，嘴里吐着雾气。相比较，骡子两只鼻孔喷出的雾气要有力得多，像两枝树杈，伸出好远才散开来。

赶骡的也有女人，瘦小的身子骑在骡背上，骡身起伏，女人也起伏。一身衣服和男人没有区别，有区别的是头发，她们都包裹着头巾，头巾花色也不同。年轻的，头巾艳丽一些；年长的，头巾近于头发本色。女人在这里不是风景，女人在这里就是女人，就是赶骡人，和骡子差不多。各家矿主都在口袋上扎了记号，路上不能解开，不能调包。女人力气小，路上垮了鞍，要等男人来帮忙。听人说，帮忙的男人，一般是她们的相好。

庙嘴到了。在饭店里吃了羊肉捞面，我们去找旅馆。

有一个说法，当年李自成兵败潼关，残兵余勇退守的地方并不在商洛中心的商州，而在洛南，其中很大一部分就驻扎在陈耳。陈耳街也叫出川街，名字据说与李自成养精蓄锐后出川有关。有一支队伍就屯扎在庙嘴，用来开采山上的金矿和扼守灵宝方向的大关岭。传说和传说里的人事风云都湮没在了时间的古道黄尘里，早已无考，但情理是通的，这里和潼关就隔着一道西潼峪。

女店主带着我们七弯八拐，到了村后。那里有一排矮房子，瓦顶泥墙，窗户都是柴窗，很小。后檐下码着齐檐的破柴，这是整个冬天用来取暖烧柴炉的材料。一排房子都开着旅馆，此时都亮着灯，显然住满了人。这会儿唱歌的、猜拳的，什么都有。夜生活就是用来苦中作乐的，白天苦了一天，晚上用作乐来扳回一局。女店主打开一间房子，里面地方还不小，三张木床，炉火旺旺的，暖和极了，我们像一下掉进了温水里。女店主说："你们三个就睡这三张床，每人十块钱，天寒地冻的当口儿，不贵吧？"我们连连说："不贵，不贵！"女店主说："明早多睡会儿，去县城的班车从六点到晚上都有。"

说完便带上门，出去了。

潮去屋后抱了一抱破柴，放在炉子边。破柴粗大，有青杠木，也有桦栎木，都是顶火的好家伙。他伸手烤了烤手掌上的水汽，说："我去买瓶酒来。"潮出了门，东子在床边喊："记得买包花生米！"

正喝着酒，女店主领着一个人进来了，一个男人，比她高出了半截身子。女店主说："对不住大家，实在没地方了，拼拼床，加个人。"男人连忙给大家递烟，边递边说："行个方便，行个方便。"我们能有什么意见呢，都是出门在外的人，总不能让人冻死吧。就没有人说不行的。男人从怀里掏出一瓶"老村长"，一包瓜子，说："弟兄们，咱继续干！"酒倒下去，炉火添起来，雪在门外不止不休。

酒喝结束，夜很深了，都有点儿微醺。厕所在对面山根上，有点儿远，我们懒得跑路，就对着雪地方便起来。此时，天晴了，天上一轮圆月，地上一尺厚雪，交相辉映，天地更加清白。人都睡去了，狗也没了声息。远看，岭根下的陈耳选厂的厂灯还在孤寂地亮着，光亮映得很远。每个人在雪地上留下一个不规则的深洞，提着裤子往回跑。

三

男人姓秦，出川街人，虽然离家也不远，但是懒得回去，他说回去也没意思。我们都上了床，潮和东子打起了呼噜，睡着了。老秦和我通腿，他一腿毛，骨头粗糙坚硬，但热乎乎的。我们歪在床头上，各点一支烟，睡意全无。灯关了，炉火从炉台缝隙里一闪一闪映着两个男人的脸。老秦说："不怕兄弟笑话，我是个走投无路的人。"我说："咋说呢？讲讲呗。"他叹一口气，慢悠悠讲起来。

一开始，我给人干护矿，那时候年轻，胆大，不怕天不怕地，死都不怕。那时候矿石也好，含金子几百克的都有，随便一车矿石，能卖好几万，就特别招贼。现在矿不行了，好几年前就不行了，以前是吃肥肉，现在是啃骨头，骨头也是干骨头，盗贼早没了。一开始我在岭那边的黑山给人护矿，那边开发得早，红火得很。护矿的活儿，苦。怎么说呢？比起矿里干活儿的和那些没黑没白偷矿的，我们吃的苦少点，就是睡不了好觉，一天到晚，狗似的，竖着耳朵保持警惕。护矿，护洞外的矿，也护洞里的矿。洞外场子上的矿石好护，拴一条大狼狗，挂一盏千瓦棒，人不用操太大心。但护洞里的矿就麻烦得多，四面上下都是透的，你不知道他们藏在哪里，从哪里进去出来。有时候，你走着路，他们就跟在后面，魂儿似的。偷矿的怕我们，我们更怕他们，他们比我们不要命。抓住了，又能咋样？揍一顿，放了，不等好了伤疤又来了。

人和人斗的事干久了，就没了人性，不像个人，但不干又不行。端老板的碗，吃人家的饭，就像在一个没边的泥潭里，越陷越深，拉一把的人都没有，也喊不出来。有一年，腊月了，反正快过年了，山上的雪有两尺厚，一冬就没有化过。我们的洞子和别人的打透了，老板让我们去抢地盘。本来也透不了，我们天天听着脚下有人爆破，炮声一茬一茬的，一天好几茬。管生产的就对老板说，下面人家在吃矿，那矿量大得无边。老板就让炮工往下扎，打了十几米，透了，果然都是铅矿，一洞的铅矿，明光闪闪，好几米厚。采下来的矿石来不及运出去，大部分都堆在岔道里。对方当然也不是吃干饭的，本来就是人家的地盘，双方交了几回火，各有胜负，但我们吃亏多，我们队长"大叫驴"头都被打破了。老板从山下请来了一帮人，个个头上扎着红布条，扛着家伙什，让我们带队去抢地盘。我知道这是一场生死战，就不想去，装拉肚子。队长不信，一定让去。我在他跟前跑了三趟厕所，他才准了假。他不知道，事先，我吃了泻药。

这一仗，我们赢了，把对方洞子封堵了三百米，炸了他们的机器，还抓了几个跑得慢的工人。大叫驴亲手扒了他们的衣服，用鞋带在背后捆了手，让他们站在雪地里受罚。抓来的人真扛揍，打断了三根皮带也没叫饶。大叫驴就让他们挨个儿唱歌，谁唱得好，就放谁回去。这些人唱得龇牙咧嘴，看客们笑得东倒西歪。不过有一个唱老越调《两狼山》里老令公选段的人，真唱得好。我至今还记得那悲怆的调子和唱词：

今一天为父对你讲，
我儿们一旁恁要记牢。
双手接过来我的酒一盏，
多谢过夫人你来饯行。

这好酒不吃我要敬天地，
保佑俺父子大功成。
劝夫人止步再莫远送，
候等着捷报回汴京。
你在京城把俺等，
你夫再胜转还京。
叫杨洪拿刀拉战马，
杀不灭辽寇贼，
夫人哪，俺永不回京。
…………

两狼山杨家将的故事，我们这个年龄的人，差不多在评书里都听过，但在越调里我还是第一次听到。老越调和新越调不一样，那时它还没有成形，就是说它还没有掺入人为好听的成分，它就是跟着人走、跟着事走、跟着情走、跟着命走，这一段就更加让人难过，让人替老令公抱不平。唱越调的人年龄也不小了，后来打听到他是个伙夫，给工队做饭的，家里没什么人，老伴瘫在床上，一个儿子很多年前被人贩子拐走了。我知道他唱的不是老令公，他唱的是他自己。他唱的也不是老令公出征的情景，他唱的是自己出门的情景。其实，出门挣钱的人和出门征战的人有啥区别呢？都是在刀尖上讨生活。晚上，我偷偷打开了关他们的铁门，把人放了。

四

月亮落下去了，但雪没有让外面的天地暗下去，白茫茫的雪光从窗子映进来，屋里像点了满室灯，只是你看不见那灯点在哪里，看不见，又像无处不在。我起来给炉子又添了一把柴，炉子立即旺起来，铁板很快见红。屋子很快又热了起来，我们更加没了睡意。我说："老秦，那后来你怎么又赶起骡子来了呢？"老秦答："唉，说起来话可长了。"我说："你说，我爱听。"

二十八岁了，我还没讨到老婆，家里人急，我也急。心急，身子也急，晚上一个人一张床，空着半边，那不是人过的日子。有人给我介绍到了出川街上。家里老头老太，一个女儿，家里穷，招了好多年招不下个女婿，耽误了。介绍人是我的表叔，他也是上门女婿，日子过得比上不足比下有余。他对我爹妈说，婚姻这事，不能太糊涂，也不能太明白。有些事，当时看似是清楚的，过了些年看，其实当时是糊涂的；有些事，当时行得糊涂，过了多少年看，当时其实是明白的。他说了一堆道理和人事，把人绕糊涂了，不过，意思就一个：不要挑，不要怕。我还是听明白了。就从老家到了出川街，上了人家门。

女人是个好女人，能干，过日子能扛得起苦，虽然长得不怎么齐整。过了两年，生了个女娃，乖巧得很。那两年，我也没出门挣过钱，家里有几亩地，种韭菜，一年也有一两万的收入，一家人吃饭够了。两年过后，不行了，不行是因为两件事：一件是娃长大了，身体弱，老花钱；另一件是韭菜突然不值钱了。前些年种韭菜也不是卖韭菜，韭菜没人稀罕，像草一样贱，是到了秋天卖韭菜籽。最好的一年，卖到一百块一斤，家家户户一下都发了。听人说韭菜籽可以榨油，那油能做高级化妆品，也不知道是真是假。这两年，韭菜籽降到了二三十块一斤，不值钱了，人种得就没劲儿了。难道是女人不需要化妆品了？搞不懂。

没了韭菜收入，我就买了两匹骡子，上矿山赶骡子，街上不少人都在干这个行当。赶骡子苦不苦？苦。白天累一天，晚上还得起来喂骡子，骡无夜草无力。但赶骡子自在，不缺活儿干。秦岭那么大，不通路的地方都离不了骡子，我们离了东山到西山，驮完了张家驮李家。赶骡子是件让人高兴的事，不单能挣钱，天大地大，还逍遥快活。一上骡背，啥都是我的，好像世界上没有自己干不了的事，没有去不了的地方。赶骡子的，来自四面八方五行八作，原来干什么的都有，事业失败了，活得失意了，改了行上了骡背。我们队伍里能文能武的人多的是。赶了两年骡子，我们学会了骂人，也学会了唱歌、唱戏，懂得了那曲子里的人、曲子里的事，那个世界比眼前的世界广阔得多。两年后，家里出了件事，其实是我出了事，丢人的事，说出来让人笑话，我从来没对人说过，这事把人逼得要疯了。

我岳父比岳母大好多岁，一个年老一个年轻，一个老土一个打扮，关系就很不好，处得像针尖对麦芒。那一年腊月，岳父大病一场，突然的病，去了好多医院，医生都说不清是啥病，怎么医都没有效果，从此卧床不起，吃饭都得人端去。两人就更没个好话。我能做到的就是给钱，但有些事，钱也无能为力，我总是不在家，被骡子拴在山上。

有天晚上我回家，老婆带着娃走亲戚去了，得好几天才能回来。我喝了点儿酒，一个人睡。睡到半夜，感到一个人光着身子钻进了我的被窝，身子贴在我身上。我迷迷糊糊，以为是老婆回来了，一把搂住了。

事后，我打了自己几回耳光，几个月不敢回家。赶着骡子，骑在骡背上，风一吹，心想：要是骡子一失足，从山崖上摔下去，摔得粉身碎骨多好。大伙儿在一块儿喝酒，我就把自己往死里喝，可怎么也喝不死。骡子爱踢人，也有被骡子踢死踢伤的。晚上喂草料时，我就蹲在骡子后面抽烟，想让骡子往我头上踢一脚，可它总不踢，反倒让骡子也染上了烟瘾。有时候想着，这辈子要好好挣钱，让老婆过得好一点，娃过得快乐一点，长大了走得远一点，就拼命赶骡子，没日没夜。有时候又想着挣钱有啥意义呢，就不想赶了，一睡好几天。

我一年多没有回家了,也不知道家成了啥样子,母女俩过得好不好,也没给家捎过钱回去。女儿现在也长大了,上小学了。听说岳父死了,死不瞑目,不知道是因为病还是其他啥,埋在后山上……

五

一觉醒来,太阳升起老高了。脚头空荡荡的,老秦早走了。问潮和东子,老秦啥时候起床走的,他俩也说不知道,说醒来就没见人影了。昨晚老秦讲着讲着,我迷糊劲儿上来了,就眯过去了。他睡没睡,不知道。也许睡了会儿,也许没有睡,直接起床走了。回了山上,还是去了别的地方,没有人知道。

白茫茫大地真干净。远处的秦岭更加高了,白雪增加了它的高度,增加了它的庄重肃穆。村子忙活起来了,孩子们在雪地里奔走相告,告诉世界自己的快乐。柴烟从房顶上冒出来,青蓝青蓝的,被风吹得忽东忽西的,有些消失得无影无踪,有些成了天色的一部分。

人们各自扫尽了门前雪,饭店热气腾腾地开门迎客。

我们三个选了一个位置坐下来，要了油条、豆浆和稀饭。我们坐的是一张水泥长条凳子，店主扫了雪，在上面铺了报纸。长年累月迎来送往，它已经没有了棱角，起了一层包浆。

隔着三层报纸，还是感觉到水泥的冰冷泛了上来，有些刺骨。热腾腾的稀饭下了肚，身上暖和起来，水泥凳子也不那么冰冷了，逐渐温和起来。我们的体温，透过报纸，和水泥、沙子融为一体，彼此成为对方的一部分。

没有谁知道，这结实的、历经千蹭万磨的凳子，留下过多少走投无路者的体温。

忆黄土塬

一

至今,在手机上微信交流和写稿,我一直使用的都是笔画输入法。笔画输入有个好处,就是你得先认识并会写这些字,然后要掌握笔画顺序,否则就敲不出字来。长期下来让人解决了提笔忘字的问题,但也让人显得不那么与时俱进,有股旧气。

二〇一五年冬天,我在北京做一档节目,上台前要向导演组交一份稿子,讲一讲作品身前背后的故事。这也是讲给观众和评委听的,目的是给自己和团队加分。在休息室,我飞快地用笔画输入法在手机上敲字,一会儿就成篇上交了。一屋子人都很惊异,认为只有老学究才会用笔画输入,且用得这么"丝滑",以为我一定是个有学问的人。其实大家不知道,我只是熟能生巧而已。当然,也不是完全不会使用别的输入法,像拼音输入法,实在是不顺手,找不着键,我试验过,一晚上只能敲五百字,事半功倍,不划算。

说起这手艺的练成,有一段很长的故事,发生在十多年前。

零公里是潼关县向东的最后一个镇,就是"山河表里潼关路"的那个潼关县,关中门户,古来兵家必争之地,因而闻名遐迩。零公里可能是全县最小的镇,只有一条镰刀形的主街。零公里镇再往东就是河南灵宝豫灵镇,虽然两个镇都以产黄金出名,但名有大小,零公里名气小得多。但两个镇人来物往,相亲相顾,像一对要好的连襟。那一年,我们在零公里的一个村子里给人搭碾子炼黄金,生活了大半年光景。黄金自来是招人耳目的东西,因金招灾、招财的故事多得数都数不过来,所以村子很隐蔽,像一只土灰虫趴在塬与山的相接处,让人不易觉察。碾子安装在一个土墙四围的老院子里,后面有两孔窑洞,旁边有两间耳房,院子里有一大一小两口池子,一个氰化池,一个渣池。据说从窑洞往里掏,见了山石,再进去一段,也能打出金脉,但那都是遥远的、未来的工程了。

我的工作是给碾子搭矿料,五分钟或八分钟一锨子矿石喂进碾槽里。碾子饿不得也撑不得,我紧不得慢不得,像一根机械的表针。我的伙伴是两位同乡青年,一位负责把原矿石破碎,块太大了碾子咽不下，得先过一遍破碎机；一位负责装填和清理氰化池。总之，我们三个人组成了一条龙的炼金生产线。那时候，这样的生产线在这片陕豫交汇之地比比皆是，像春天的槐花一样繁盛，成为投机者心中的风景。如今，这样的生产线搬到了几内亚、南非，或更遥远的地球某处，相同的风景在不同的经纬时空里继续绽放。

　　我的两位同乡是亲兄弟，大的叫大宝，小的叫二宝。老板有时为了方便，就叫我三宝，只是三宝比大宝、二宝年长许多。黄金自来被人称作财宝，三个"活宝"生产财宝，当然是"宝上加宝"的事情，顺理又吉祥。大宝的工作没什么技术含量，他负责把大块的原生矿石用锤子敲碎了，添在破碎机里，一番操作下来，矿石都成了乒乓球大小的颗粒，工作就算完成了。二宝的工作非常不简单，给氰化矿料配药，这个药就是氰化溶液，成分随着矿料的复杂而复杂、简单而简单。据说，二十世纪七十年代美国人和苏联人就是用这个方法生产出了精炼铀，这该是科学家干的事情。这份工作看似平常，却关系到金子回收的成败。我的工作要说有点儿技术含量的，就是调节汞板，在碾槽出水口安装着一块汞板，有纯银的、纯铜的、钢制的，上面涂上水银，抓取水流里的金末。汞板的平陡非常关键，太陡，什么也抓不住；太平，杂质太多，增加提纯难度。底板的打磨和水银的厚薄也很关键。这方面，我非常有心得，只是这份心得若干年后就没有了用武之地。

二

大宝早已结婚多年，二宝当时正谈着一场久决不下的恋爱。二宝识字不多，与女友线上交流需要我的帮助。君子成人之美，何况是爱情，于是我就有点儿义不容辞。那时候，大家用的都是不太智能的半智能手机，普遍使用的是手写输入法，屏幕当纸，指尖为笔。所以每个人拿出手机来，屏幕贴膜上不是"大花脸"，就是有一个破洞，那是手指千敲万击的结果。二宝的女友好像有点儿文化，爱用一些书面语。二宝觉得自己短刀对长枪，有些不适应，就经常找我帮忙应对。

二宝的女友也不是什么小家碧玉，就是个赶骡子驮矿的。我见过一回。

那一回，我们去一个山口洗澡。小秦岭据说有七十二道峪，每一道峪都有很多山口，这些山口都有溪水流出来，大的成河，小的成溪，不过河和溪我也分不清，感觉都差不多。人说水由金生，大概山体里金太多了，生了太多水，藏不住了就流了出来。它们最后都流进了渭河，流进了黄河，还有一些流错了方向，流淌于无边的黄土荒原，流得没名没姓。

这是一个自然成形的水潭，在我们之前，一定有无数人在这里洗过身子，数不清的动物在这里饮过水。也许是水流常年冲刷的作用，也许是石头自然形成的一个凹槽，水潭长有十丈，宽窄不一。深处幽蓝得像一个谜，不知道有多深，有多少传说与故事；浅处可以看见亮亮的白沙。虽然早已入夏，但水依然凉得刺骨，只有被太阳晒透了的浅处才有一些温度。我们坐在沙窝里，沙柔软细腻，随着水波荡漾起来，一点一点把下身埋住，把腿脚隐藏起来。我们把头枕在潭沿上，沿上的石头比人的皮肤还要光滑，它们纹理细柔，织密的质地提供了丝缎感。

从这里向西，可以隐约看到华山。秦岭在华山戛然而止，渐次降低的群山又向东延伸了数百里。这数百里的山体里黄金丰富，成为一段时间里无数人的逐利场。天空薄薄的蓝，云彩有些乱，仿佛都静止了，仿佛不知所以，不知道往哪儿去好。塬上的、塬下的油菜花都开败了，但又没有败尽，闪着点点金黄，几头牛懒懒地吃草、甩尾。

漫长得没有尽头的夏天，野天野地的野泳成为我们无聊生活的新鲜内容。后来回想起这段日子，觉得它就像秋天黄土塬上一株寂寞又灿烂的野菊花一般，开得生动，开得无聊，除了对自己，对季节来说没有多少意义，开就开了，不开也一样。

洗完了澡，穿上衣服，我们往回走。太阳正当午，千根万根银针当头扎下来，扎得人飞跑起来，偏偏双腿又被水泡软了，怎么也跑不动。经过一个矿场时，二宝向我努了努嘴，我看到了一堆女人，几匹骡子。这是一个矿石中转站，天空中的钢索沿山势纵横，有的忙碌，有的生出锈迹。从矿坑出发的索斗把矿石运到这里，没有路，矿石要用骡子驮下山去。我知道其中有一个女人是二宝的女友，他对我讲过她的一些事情。我用目光搜寻了一下，找到了她——她站在一匹高大的棕色骡子旁边，给它身上的褡裢装矿料。女人不像男人，可以把装满矿石的口袋架到骡子身上，她们没那么大的力气。当然，这样一来吃亏的还是骡子。

因为太热，我们都光着膀子，露出常年干苦力练出的肌肉，这肌肉又因为少晒太阳而显得白净。这些女人看着我们叽叽喳喳。一个说，好精神的肉啊！一个说，就是太嫩了。一个说，嫩肉不柴。她们嘻嘻哈哈，笑得歪七扭八。女人猥琐起来，又可笑又可爱，真是风情万种。二宝的女友没有说话，一个劲儿地添料，矿料太沉了，骡子的腰被压出了一道向下的弧形。以我的眼光看，二宝女友很年轻，也算得上漂亮。如此生活下，还能有这样的形貌,让人不得不惊叹生命的造化。

回到住处,二宝手机QQ对话框里收到一大串信息,其中有一条是:深知身在情长在,怅望江头江水声。我忘了这是谁的诗了,能记住这两句的人估计也不多。二宝有些激动,问这是啥意思,催我快回复。偏偏这时手机屏怎么也写不出完整的字了,写上去的字一跳一跳的,屏幕失灵了,就是说手写输入法失效了,好在,按键还管用。

从这天起,我就开始了笔画输入打字,半年后,已经练到可以盲打了,再到后来,手写输入变得生疏了。笔画输入自由又方便,天冷的时候,一只手可以在被窝里和任何人交流,而手写输入要两只手同时上场,冻得膀子冰凉。总之,我的输入法就这么为促成一对男女的爱情而练成了,一直使用到今天。

三

继续说说大宝、二宝和女人。

大宝有些呆气,不是傻,其实就是纯然老实。有一回,他砸矿石,一块石头太结实了,他抡着大锤砸了很久才砸开,砸开的石头里出现了一根小手指粗的黄灿灿的东西，他拿着这东西高兴地大喊："好漂亮的铜条呀！"正好老板进门来，看到了，随手收了去。晚上老板请他吃了火锅，以示奖励。火锅的表达，让我更加坚信，那是一根金条，而大宝浑然不知。

几年前，大宝开手扶拖拉机给人拉木头，在峡河最高的南山木场，拖拉机连人带木头翻下了山沟。后来人活过来了，只是再也开不了拖拉机，只能开电动的轮椅进出。

轮椅上的生活不能成为生活的全部，大宝后来有了轮椅外的生活，他开了一家旅馆。旅馆开在一条河谷的边上，河水断断续续，但河风从不间断。从不间断的风吹过小旅馆一季一季的生意，生意有时好，有时坏。像河水一样，盈也好，枯也罢，日子都在往前赶。对于大宝和许多人来说，赶到哪里是哪里，赶着就好，就是一切。

离开零公里一年后，二宝和女友终于走到了一起。这不是一件容易的事，女人是二婚，又是一个抑郁症患者。我闪烁地知道，她原来是一位小学教师，男人是个混混。混混有一年去云南给人带货，带了几次，挣到了钱，在外面找了女人，买了房，置了业，过起了富人生活。后来生意做得更大了，再后来，估计大家都知道那个结果了。女人因此大病一场，接着学校把她辞退了，生活和前途归零。没办法，她开始了赶骡子驮矿石的生活。赶骡子看起来是件很严酷的事，其实也没什么，很多女人都在干这个活儿，多少比赶骡子更严酷的事，女人也在干。总之，对于一个女人来说，一片土地上的任何生活，都是顺理成章的生活，不值得大惊小怪。

就在一天前，我用笔画输入法给二宝发了一条长长的信息，问他近来怎么样，还有女人的生活怎么样。其实我们很久没联系了。很多人都没有联系了，一些人停了下来，一些人继续远行，生活就是一个删繁就简的过程。他在塔吉克斯坦，这也是家乡很多人生活的新选择地。他给我回了长长的信息，报告了生活和工作情况。信息里出现了两个错别字，那是只有笔画输入法才会出现的错误。他顺带发来了一串图片，图片里有他的女人和女儿，女人沧桑了许多。他说，一家人大概率不会回来了，在哪里都是活着。

中亚的冬天要比秦岭南坡的峡河早一个节拍，峡河的红叶还没红遍，而图片上的异国山河辽远硬朗，耀眼的早雪无边无涯，沉静得仿佛永远无人能抵达。

老四

一

下山离开洛大的那天早晨,天空下着小雨。

上山时,由一辆热情的三轮车送上来;下山时,只有步行。"来香去臭"是我们这一行业的待遇规律,也是我们这些人的宿命,从来没有被打破过。山高谷险,对峙的两山形成一个巨大的Ｖ字形。对面的泥土公路如一堆盘肠,折折叠叠延伸到山顶的云雾里,藏人、羌人和他们的牦牛羊群就生活在云雾深处。如果站在对面看过来,我们这边的情景也一样。上山时还处处树青草绿,此时性急的杨树叶子已开始飘零,秋天正势不可当地到来。时间不过半月,在高山地区,从夏到秋,仿佛就是一抬脚的事。

下到半山,坐在路边一块突起的石头上,我们俩都说不出话，默默抽了一阵烟。我想到这一年的经历，想到今天的窘境，以及下一步的去路，突然一股愤怒加悲伤涌上心来，恨不能给自己一刀。我随手把背包丢下了山崖，看着它跌跌撞撞落到沟底，里面的东西像天女散花一样散落一地，心情才稍稍平静。它们是一双雨鞋、一双黄胶鞋、两条裤子、两件上衣、一顶安全帽，以及手套袖套袜子若干。这一年，大年初六出门，灵宝、清源、天水、阿图什，从东到西，横穿大半个中国，一事无成。老四说：你扔我不扔，我还要干活儿穿呢！

洛大乡的街道上，人们正在吃早饭。一条弯曲逼仄的小街，花花绿绿的房子曲里拐弯地向两头延伸，猪和狗在街上哼哼唧唧走过，旁若无人。我们面临两条路线选择，一条是经腊子口，过漳县、岷县，在陇右上火车回陕西；一条是经舟曲、武都、康县、汉中到西安。我俩身上都剩下不到百十块钱，没有一点儿回旋的余地，必须精打细算。我多年的经验是，只有尽快靠近铁道线才是最经济有效的进退方式。老四偏要选择后者，他说自己看了不下十遍地图，后者才是通畅的大路，再说文县和康县也有矿区，说不定路上还会碰到机会。争执间，一辆私家车停在路边，招手喊我们上车，问司机去哪里，说武都，谈了车价，我俩就上了车。

白龙江一路随行，宽宽窄窄，浩浩荡荡。车有时擦着江边疾行，有时与江水拉开远远的距离。这是我见到的除了长江以外最大的河流，清冽又湍急，时见白浪滔天。人们充分利用了水的落差，相隔不远就建一座水电站，规模大小不一。坝里的水蓝得像天空一样，没有一丝遮拦，映着飞鸟和远山。守坝的人悠然自得，在坝上抽烟、晃荡。他们的工作大概是每天开动一下闸门和机组按钮，这真是个一劳永逸的挣钱事业啊！车上的人说，老板都是福建人或浙江人。

急行中，司机指着江边的一片绿草地，说："这就是停放遇难者遗体的地方，当时参加抢险的人里也有我。"绿草地很宽阔、很平整，绿意盎然，石灰画出的一个个方格子还在。一车人都不说话了，都很沉重。

车过舟曲县城，司机和乘客们停下来吃饭。我们的钱有限，不敢多花，每人买了两个苹果。陇南被称作甘肃的江南，是出产鱼米水果的地方，街上小摊子很多，卖水果的最多。这个季节，以苹果和橘子为主打，高原的光照使苹果红得像浸了血，只是皮有些厚。县城西面有两条大沟，像剪刀一样延伸出去，一端在县城边汇拢，山势高大颓败，山体结构松散。此时，泥石流灾难才过去一个多月，半截街道还在清淤，铲车轰鸣，把屋子里的乱石淤泥一点点往外掏，听说不时有尸体被挖出来。已经清理出来的房子，肮脏的淤泥印清晰地印在三楼和四楼的墙壁上。可能太急于抢险，无法做到细微，只有靠以后的风雨来清理洗刷了。清理结束的楼内和街上，各种商铺已经营业，人们出出进进，热烈红火，和那些还在淤泥中的事物形成鲜明对比。一半是死，一半是生；一半是沉寂，一半是火热。人和生活，这个世界，真是现实又残酷的存在。

车到武都时，已经是下午。我们抢到了当天最后一趟至汉中的跨省大巴的车票。

武都就是陇南，武都是古称，陇南人一直习惯叫它武都。我对它的有限了解，来源于《三国演义》。儿子出生时，爱人身体不好，卧床两个月，我除了干农活，就是做饭。锅里煮着饭，我在灶门旁翻《三国演义》，从头至尾，一遍一遍。我惊叹于《三国演义》的伟大，伟大之一在于，它几乎是一卷两千余年前的山川地理和风气物候详解图册，翔实又精准。武都有时属凉州，有时归雍州，攻伐消长，战事频发。烽火人事虽然早被风吹雨打去，但因此留下的产物和痕迹还在，比如多民族人群的杂居、融合，地理生活习性的特点延续。街上有人裹着丝画头巾，有人穿着西装；橱窗里有麻绳和犁铧，也有摩托车和冰箱。古老与现代分明又相融。

老四买了一把斧头，花去了身上余钱的四分之一。我阻止不了他，他说大不了挨两顿饿。这是一种我们从未见过的斧头，兼实用与艺术于一身。刃口宽阔,斧脑精巧,从刃口向后过了斧孔的地方,突然回收形成一个台坎,弧线美妙,使整个斧头显得阔大但并不笨重。

那时候客运管理还比较宽松,几无安检,斧头进出自由。老四把它一直带到了延安。在延安的时光里,这把柴斧成为他工作和生活的有力帮手。

车到康县时,天已经黑透了,万家灯火,霓虹遍地。这是个充满川渝味道的城市,人们习惯昼伏夜出,夜生活是一天生活的重要延伸。

真是人算不如天算,在康县我们碰上了大堵车,前不见首,后不见尾,我们的大巴被堵在中间,不明不白。所有人都下了车,在公路边望天,抽烟,干着急。一个小时过去了,两个小时过去了,三个小时过去了,没有消息,没有希望。最绝望的要数我和老四了,按计划我们要赶上汉中到西安的最后一趟车,当天夜里可以赶到西安,这是我们口袋里的钱最大的支撑限度。在西安,有认识的熟人,可以借到钱回家。可眼前的大堵车,让计划泡汤了。老四后悔地说,要是听你的,这会儿该到西安了。但后悔有什么用呢?我说,等吧,车到山前必有路。虽然我知道很多时候车到山前没有路,就是有路,也是烂路。

我们被堵的位置是一个崭新的集中村,山清水秀,高处的山上长满了高大的松树。十月的天气还有些热，但风已经有力量了，风里温柔的成分所剩不多，冰凉的成分渐重。风吹过松林，隐隐可以听见松涛如浪，一波赶着一波。

城镇化这时还早，但乡村集中已经初兴，我们正好堵在一个小商店门口。一排崭新的房子，一些住进了人家，一些还没有。小商店货物崭新，店主人也崭新，她梳了两条辫子，像货架上的货物一样整齐。这是一个刚结婚不久的女孩子，判断来自门上鲜艳的红喜字和她的红色发卡。

我俩各买了一根火腿，咽下去不一会儿又饿了，又各买了一桶泡面。女店主烧了开水，给我们泡上。这时候买东西的人越来越多，大部分是司机，他们不缺钱，一抱一抱地买，货架很快就空了。我和老四由此判断，通行还遥遥无期。我问："还有能吃的吗？"女店主说："没有了！"过了一会儿，她说，"还有一包点心，就是过期了，有些硬。"说完，她去里面的房间拿出来，让我们看。一包没开封的点心，上面印着维吾尔文一样曲曲弯弯的文字，我们都不认识。老四说："怕是外国的点心吧？"女人说："是的，他给我买的零食，我没舍得吃，放过期了。"我们知道那个"他"就是她的丈夫，西北女人习惯这样称呼自己的丈夫。我拿起来，闻了闻，并没有异味，还能吃。我说："好，我买下了，路上当干粮。"老四好奇地问女人："他呢?"女人说:"和他爸去阿富汗了,村里好多人去阿富汗捡玉石,做建筑活儿,但他不是捡玉,是开矿。"我知道阿富汗玉属昆仑玉,并不怎么值钱,建筑活儿大概也不好干,但除此之外,男人们没有选择。那地方战火、内讧不断,动刀动枪的,死人如死狗。但我没敢说出来。多少男人的生活不会让女人知道,知道了也没有用。老四问:"开什么矿,还要人不?"女人说:"我也不知道,听说老板是中国人,四川的。要不要人,工人也不知道。"老四说:"能不能给我一个那边的电话?"女人说:"没得电话呢,那边的电话只能打进来,不能打出去。"我拦住老四说:"别问那么远的事,眼前的事还解决不了呢!"问者有心,若干年后,老四的打工路真的延向了异国他乡,到了塔吉克斯坦。

终于通行了。原来是一辆油罐车与别人相撞坏在了当道,谁也不敢靠近,说随时有爆炸危险,直到车上的油被倒进了另一个罐里。

我们上了大巴,向汉中飞奔。公路翻山越岭,人烟灯火稀疏。一轮落日向西边辉煌地坠落,我们知道,艰难的时刻就要来到了。

二

汉中的古老,已经无法用肉眼看到了,我们能看见的,是它的年轻和繁华。

我看见很多大排量的摩托车,载着花枝招展的女孩子在街上驰过,它们是街上最靓、最现代的风景,马达轰鸣,裙裾飘飞。几年后我去成都,从杜甫草堂出来,在街上看到相同的景致,写了一首诗《谒杜甫草堂》,其中有一句:天桥上走满了盛装的现代狐狸。这其实得益于汉中街景的记忆与启发。

我们都饥肠辘辘,但身上所剩不多的钱让我们只能有一个选项,吃饭或住店。我俩在大街上转悠,目光从一家家饭店的门和窗子里伸进去,渴望桌子上有别人吃剩的饭菜。确实有剩下的饭菜,有的还很丰盛,有鸡鸭鱼肉和酒,我们一次次鼓足勇气,又一次次走开,到底谁也迈不进去。若干年后,我常常想起那个夜晚,想到饥肠辘辘。我想我俩迈不进门的原因是我们都还年轻,个子都有一米八多,如果我们能老一些、个子矮一些,也许就能迈进去了。

长途车站东面有一家热米皮店,生意太火了,吃热米皮的食客排着长长的队伍。在此之前,我俩都从来没见过热米皮,连听说都没有。我俩远远地站着看,想象它非同寻常的味道并陶醉着。后来我在别处吃到的热米皮是切成条状的，类似裤带面，放豆芽和蒜汁。眼前这家的做法是整片的，一碗一片，薄得近乎透明。煮米皮的锅里一锅绿水，后来听说是专门用绿菜熬煮的水，当时一直想不明白它为什么这样绿。

老四说："我们也吃一碗吧，快饿死了。"我说："吃吧。"我们就去排队。我发现每十碗老板会清理一次汤锅，用笊篱把锅里的小白菜和豆芽捞干净。这些绿菜和豆芽，一定会放进最后那一两碗里，因而这两碗的量会多一些。经过计算，我们得到了最后两碗。

一碗热米皮三两口就下去了，没有来得及感受味道。

大街两旁宾馆林立，招牌高大，但价钱也贵得吓人。我们专往小巷子里找，那些没头没脸的白店和"黑店"，价钱要便宜得多。这是我们多年的经验，几乎放之四海皆准。终于找到了一家旅店，这是一栋老房子，有些陈旧，有些脏，但价格便宜。我们和老板讨价还价，她是一个中年女人，操着一口类似四川话的方言。讨价的结果是二十块一位，再没有余地。身上的钱还够，我准备答应了，老四偷偷拧了一下我的腰，我知道他有话说，就对女人说："我们去买支牙膏，一会儿再来。"我俩重新回到街上，老四说："还没到最后时刻，到了，她就会降价了，甚至免费也有可能。"

我俩坐在一家早点店的台阶上，看街上人来人往，灯红酒绿。夜渐渐深了，也有了一丝凉意，毕竟是冬天了，到了半夜和清晨一定会更冷，躺大街的办法显然不行。天上没有月亮，只有星星，灯光映不到的地方显得漆黑，远山如墨。老四问我下一步往哪里走，我懂得他说的是下一个打工地，那是眼前的事情，但也是遥不可知的事情。我说不知道啊，又问他怎么办，他说有一个亲戚在延安蟠龙，打算去那里干煤矿。他说："你跟我一起去吧，咱俩个子高，肯定受欢迎。"我问干什么活儿，他说巷道支护。

我们都有些困意，我说眯一会儿吧。老四说不能眯，眯了就起不来了。我们抽起了烟，东一嘴，西一句，说了无数闲话。闲话多是废话，但有些时候闲话比什么都有用。他随口讲了一个故事。

他说有一年在莎车，也是这个时候，也是这样的夜晚，但南疆的夜晚要比汉江边的夜晚冷多了。本来是去乌恰，走到莎车，身上没有钱了。他那晚坐在街边，一边抽烟，一边等待黑夜过去，可黑夜像黏皮糖，怎么也不走。这时候，有两个人也过来抽烟，坐在他不远的地方，听口音是南方人。三个人抽着抽着就抽到了一块儿，那两个人的烟档次不低，老四的烟显得拿不出手。原来那两个人不是没钱了，身上的钱还很多，他们愁的是找不到向导，他们走了几千里来到这边，是计划去喀喇昆仑山上找玉的。老四问为什么不去和田找，他俩说那地方挖玉的人太多了，轮不上他们，他们要另辟蹊径。老四说："带上我吧，我知道路。"其实他也不知道路。

老四带着他们，买了几头驴子骑着，带着干粮和帐篷沿叶尔羌河往上走，据说翻过山就是阿富汗，也可以到塔吉克斯坦。他们看见沿途有一些人在捡玉，有人放牧，老四的信心更足了。虽然他并没有上昆仑山找过玉，但听说过很多找玉的故事，他坚信在某个河水源头，一定有一个玉矿在等着他们。他们走啊走，干粮越来越少，水也喝光了，只能喝河里的水。那些山溪清澈无比，但有一股苦味，开始喝了拉肚子，好在拉了两天就适应了。途中渐渐没了人烟，只偶尔看见哑巴一样的放羊人，走着走着，放羊的人也没有了。他们知道，已经进入了绝地。他们往山上走了十天，山越来越陡，河越来越小。本来这些都不是问题，问题是几头驴子瘦得走不动了，路上只有石头，没有草，再走下去会暴毙路途。两个南方人说往回走吧，再不往回走，会死在这里。老四还想往前走，坚信有玉矿的地方快要到了，红皮、青脂、黑墨，漫山遍野，但毕竟自己只是个向导，只有跟着回来了。回到莎车，那两个人给了老四一千块辛苦费。

我问老四:"你是不是就想骗些辛苦费,你也不清楚有没有玉矿对吧。"老四信誓旦旦地说:"不是的,是真心要找到玉。"我说:"可能根本就没有玉矿这事。"他说:"有,玉和金一样,都是有源头的,可能是我当时选错了路。我们走到两条河的交汇处,不知道往哪里走,我就随便选了一条,如果当时选了另一条路,可能就找到了。"

回到旅店,所有房子差不多都熄了灯,老板还没有睡,在登记室里东张西望。女人说:"以为你们不来了,房间还给你们留着呢。"老四说:"都大半夜了,能不能便宜些?"女人说:"不能,睡一个小时和睡一晚上是一样的。"老四说:"是一样的,但有人睡和没人睡可就不一样了,你空着就白空过去了。"女人迟疑了一阵,说:"行,一人五块吧。"

第二天,起了个大早,我们经西安转车到了延安。在延安,我们看见了延河源头,也感受了黄土高原无比的冷冽。

三

老四和我有十年的相识史,不长也不短,但我们之间没有友谊，只是萍水相逢。当然我们之间有一些交集，也有一些故事，但大多不值一提，像许多季节性事物，那些花草和树木，都被风吹雨打散了。

我想说点儿他后来的事，当然，这也并不重要，甚至没有意思。

二〇二二年春天，老四到了塔吉克斯坦，去了一家铅锌矿上班，合同三年。那地方叫苦盏。我以为是极苦的地方，查了地图，发现是塔吉克斯坦最好的地方，有一条著名的大河流过，这让人多少有些放心。和国内的矿山差不多，老四有时白班，有时夜班，有时没白没黑。

我们偶尔通一次电话，彼此问问身体和生活情况。他说他在矿山工作之余，也去找玉，去到过很远的地方，因为经常出去，且去得很远，老板说他违反了纪律，几回要开除他。有一次在视频里，他站在一条大河边，就是那条著名的大河，比长江更雄浑。他手里拿一块翠玉向我炫耀。他说："等我回去，给你做一个吊坠，玉对肺有好处。"我说："好，你快回来吧。"

有一段时间没有他的消息了，听说他回来了，又听说他去了别的地方，做玉石生意去了。

我有时把老四忘了，有时又想起他来。想起他，就会找熟悉他的人，聊一会儿关于他的闲话，打发无聊的时光。不知道他会不会想起我,会不会也和别人聊起我的闲话。

  如果忘了也没什么,我们都是这个世界的闲话,闲话可以有,也可以没有,最后都是遗忘和消散。

二

有些人我见过,有些人离得很遥远。
就像人一辈子碰到的那些雨、那些雪,
有些落在自己头上,有些落在远处,有些打湿的是我,
有些打湿的是他人。

水晶

一

我有三块晶莹剔透的水晶,它们来自华山以东的小秦岭山体深处。

二〇〇四年,小秦岭黑山,四月。那段时间和空间里的许多事物我都忘记了,但一直还记得坑口边上的两棵华山松。本来我也不会认得华山松,全因为一个人。我们最初上山时是头一年的九月,岭北的洛南,岭南的豫灵,是地理构造迥异的两个世界,当时南边的平原和北边的山地地带都还不是很冷,但黑山岭上已经是另一个世界。矮小的灌木,有的落光了叶子,有的正在风里挣扎;枯叶和败草在深秋的风里飞舞、搏斗,你死我活。骡队踩踏的山道边,开满了只有高海拔地区才有的各色野花,它们繁星点点,孩子一样满身稚气,似乎不知道季节更替。后来的若干年里,我到过数不清的荒寒之地,见过它们数不清的同伴的身影,有时候觉得它们并不是花,而是人,在跟随着我行走人世。

那天翻越黑山垭口时,从坡上下来一个人,他背着一个编织口袋,袋里有半袋东西。他打开让我们看,是松塔。原来他前一天上山来打松塔,打得太晚,下不了山,就在山上过夜,想着第二天接着打,半夜冷风呼啸,差点儿被冻死。问他为什么不在山下面打,他说只有黑山顶上才有。他指着一棵树让我们看,说只有这种松树上才会长松塔,结的松子才值钱,它叫华山松。的确,这是我们没见过的松树,在满山萧瑟中翠绿。这名字不知道是不是与华山有关,但这里距离华山确实不远。我们给了他一包方便面和一瓶水。我们下了岭就到了,而他回洛南陈耳的家与我们正好背道而驰,还有很长的路。

生长着两棵华山松的坑口,是我们此行的终点。后来的日子,我们与这两棵松树朝夕相伴、形影相对。下班或吃晚饭时,会看见巨大夕阳的返照光,耀眼的射线从天边延伸过来与松树连成一体,那情景,像高竿上挑着一面旗子,不停挥动,把黄昏招降。

我们工作的地方是山体五千米深处,不是地下垂直五千米,是地表向山体内延伸了五千米。这样深度的矿洞在黑山比比皆是,而在山脚,一万米两万米都正常不过。工作面非常缺氧,每工作一会儿就要坐下来大口喘气,呼出的气流在空气里流动得非常缓慢,我们能闻到彼此发出的气味,虽然吃的饭是相同的,但释放的气味各不相同。老旦的气味有一股焦油的味道,他抽旱烟,一杆烟袋多少年没清理过,烟油也占领了他的肺腔和口腔。他用打火机点烟锅,打了好几下都发不出火,把气门调到最大,再打,还是不起火。他说,快走,一会儿大家都得完蛋。我们赶忙往外面跑,过一阵儿再回来。一个班,这样往返三四次,跟玩儿似的。我们离不开老旦,是因为他比任何人都有经验,而经验是救命的法宝。

矿体只有三十厘米厚,我们蛇行在其中干活儿。采掘保持这个厚度,一方面是为保证矿石的纯度,另一方面是为减少工作量,天板或地板一旦打破,毛石就需要清理出去,五千米巷道,谁也承担不起这个运费和时耗。好在矿体结构呈四十多度的斜度,人蛇行其中,进退有据,可以跪立。白英石的矿体与上下天地板结构分明,又亲密无间。矿体含铅非常重,以至于每端起一铲矿石,像端起一块铁。矿灯照射在矿体上,铅体幽蓝发光,它与硫体共绘的线条笔走龙蛇。

有一天,记得是四月初,天气不冷也不热,整个黑山正由黑变绿，白肚画眉好听地叫着。爆破过后，我们爬上采场，在矿体的长长石壁上，大家发现了一个不大的洞，正往下汩汩流水。老旦喊：有水晶！把灯光照进去，果然是一洞的水晶，它们晶亮、欢快、争奇斗艳，像一群被关押太久的人重见天日。无水不成晶，因为水不足，有些晶体已经发黄，生出了自然的包浆，这个黄非铜非金，说不出的颜色。那些浸在水里的，晶澈若冰，寒光彻透。有的状若莲花，晶体簇拥向上，拥成一团；有的形若笋柱，棱角分明，每一条棱线都笔直锐利，仿佛经历过刀工，在顶部收成一个尖锐的点，如同剑鞘。有一些被爆破震碎了，散落一地。

凭经验，水晶的出现意味着相邻矿石品位的下降和枯竭。我们取完了水晶，每人获得若干不等，最后在小洞里填上了炸药。一声巨响过后，我们更换到下一个采场。

二

黑山只有一条下山的路，像一根盲肠，盘盘绕绕，一会儿在云里，一会儿在雾里，更多的时候在万丈悬崖边上。它除了用于向山下运输矿石，也供物资上山。无数的人由此入山，无数的人由此离开，梦想和现实常常在这里狭路相逢或失之交臂。整个黑山生产规模不小，却没有小店，针头线脑都要靠小贩们的挑子。黑山有一支规模不小的小商贩队伍，像传说中茶马古道上的马帮。他们每天坐矿车到山口，挑担上山，天黑收担下山，再坐车回去。他们存在到二〇二一年，直到资源枯竭，黑山回归黑山本身。

我们用水晶和小贩们交换东西，这是他们的最爱。至于他们用来做什么，或者高价卖到了哪里，我们不知道。一双袜子、一双手套、指甲刀、电子手表、收音机，讨价还价显失公平交易。我们最常换的是凉皮，在山上，最馋的还是胃。陕西的凉皮和河南的凉皮有很大的不同，比如同是醋——醋是凉皮的灵魂，陕西的醇厚，河南的淡薄，山西的醋也好，但太酸，入口蚀骨。小贩队伍里有男有女、有老有少，有一个女人叫黑牡丹，有点儿黑，有点儿俊。黑与俊在一个女人身上奇妙地合体，在风餐露宿的生活里，这是一件奇妙的事情。俊俏的女人生意就好，不完全是货真价实的原因，很多人冲着那个俊俏。

除了用水晶交换，破铜烂铁他们也要，上山一担货，下山一担货，两头挣钱不耽误。黑牡丹没有赶上一窝水晶的好时光，她除了破铜烂铁，也要矿石。那些带明金颗粒的矿石下了山就值钱,上了碾坊炼成金子更值钱。含金特别重的矿石上碾子太可惜,回收率不是太高,就用蒜窝捣、用汞抓,最后烧杯提纯,这道工艺不光男人会,许多女人也会。

水晶总是有限的,比金子更难碰到。不知道怎么搞的,老旦后来成了黑牡丹的矿石主力提供人。

新采场更加让人憋闷,因为更缺氧,但矿石品位好,出金子。老板当然不愿意放弃,出高价让我们向上打口天井,专门用来透气。我们也不知道打多少米能透,就往上打,打了两个月,透了。中间除了打出一包水、一窝水晶,也打出了金带,这种共生情况也是一个奇迹。金带虽然体量很小,但它是很多人干一辈子也不一定做得到的梦。虽然是金带,但天井只有不到一米的直径,像一只巨炮的炮膛,金带正好处在百米天井的半道,不是谁都能接近它。我们干活儿的时候,一半心思用来干活儿,一半心思用来想念金带和水晶。想着想着,一天就过去了;想着想着,一天长得没有尽头。

黑山没有秋天,过了夏天就是冬天,它们衔接得那么好,没有一丝疤痕,显不出一条链子少了一环。人们脱下单衣换上棉衣。在采场上干活儿,每天的分分秒秒在天井上面的天空滑过,有时滞涩,有时轻快。一片蓝色,一片白色,一阵风,一阵雨,一片落霞,一道浓得化不开的雾瘴……它们的变幻,代表着时序和天气。一天，大家干着活儿，一片黄叶从天井飘飘荡荡落下来，落在矿石堆里。我们知道，冬天来了！

三

关于黑牡丹，老旦给我讲过她的身世和一些零星的故事。他随口讲，我随耳听，都记得不大清楚。生活场上，饮食男女，那些事都是再平常不过的事情，世间多少事都不值一提。

黑牡丹当然不姓黑，她姓刘，叫刘巧。这个"巧"字，倒也符合她的身子和性子。矿石炼金算不上新鲜事，但能想到和做到这一层的女人并不多。炼金卖金的事，在矿山江湖的虎狼世界里，除了技术、胆量，还要点别儿的，而这个别的，不是每个女人都有。

某一年的冬天，天气特别冷，滴水成冰的情形一般只发生在北方偏北的地方，但在那个冬天，把它放在陕南汉水之滨的某个村子里使用一点儿也不夸张。那天晚上，汉江边下了雪，并少有地积存了起来，汉水和大雪都茫茫无边际。刘巧早早睡了，睡到半夜，她听见窗外有人喊她的名字，一声高，一声低，一声远，一声近。她爬起来，隔着窗玻璃往外看，外面什么也没有。雪早已停了，月亮也上来了，一片银装素裹的世界，远处的江水哗哗有声。刘巧躺下又睡了，沉睡中，她做了一个吓人的梦。梦里丈夫一身是血，对她说："我走了，你再也见不到我了，要是想见我，你就保存好桌子上的那块水晶，我有时在里面，有时不在，但总的都在，那是我的新家。"刘巧惊出一身汗，想起来自己的那个人远在山西灵丘，昨天还热热烈烈地通了电话呢。她伸手去摸桌子上的水晶，摸了个空，才想起来一个多月前，有个城里人来乡下收旧物把它收走了，自己当时还很得意，水晶不是旧物，却卖出了旧物的价钱，一百块呢。刘巧再无睡意，想给远方的人打个电话，想想时间怎么也不合适，无论对方是在上夜班，还是在睡觉，夜里的电话都是恼人的打扰。她想着那块水晶还能不能找回来，细想想是不可能了，没有人认识那个城里人，听口音也不像本地人，就是找到了，水晶也不一定还在他手里。想到最后，觉得还是算了，不就是一个梦嘛，不就是一块石头嘛。那块丈夫不知道从哪里弄来的水晶，虽然又大又好看，但毕竟是一块石头，不过是丈夫带回来哄她开心的。

三天后，刘巧接到了山西的电话，丈夫出事了，他驾驶的铁矿石车翻下了山沟。不久，矿上派人送来了一个盒子，来人说矿山倒闭了,没有钱。刘巧也没有打开盒子,找了块儿地方把它埋了。

事过两年后,老旦依然清晰地记得见到刘巧的那个早晨。那是个五月天,豫西的天亮得早,天气已经很暖和了,槐花遍地开放,女人们花枝招展,男人们意气风发,生活充满了动物的气息。老旦下山去街上给工队买工具,具体说是买扳手,有一种青海湖牌扳手很过硬、很好用。他走着,心里想:夏天真是个好季节啊!

这是个因黄金矿业而起的小镇,原来只是一个小村子,人烟稀少,只因沟里发现了金矿,就像发面团一样发大了起来,成了一条花街。街上卖什么的都有,大到几十万一台的机械,小到三五元一碗的面条。五湖四海,南腔北调,什么地方的人都聚了过来。老旦计划去五金店买,街上最多的就是五金店。在进一家店门时,他看见一个年轻女人蹲在路边,地上铺着一个编织袋,上面有一排扳手。扳手看着不像新货,但一支支擦得干净极了。老旦知道,这样的二手货要便宜得多,质量又久经考验。他又从店门口折了回来。

老旦站在地摊前,看了一会儿女人,女人有点儿不敢看他,低着头。老旦看见女人的头发里有几根白发,掺在黑发间,隐得很深,又十分醒目,它们共同把左右两只秀气的耳轮深藏了起来。老旦想到了家里的女人，几年前也有白发了，白发一旦出现在女人的头上，就像草到了春天，会怎么也止不住地生长。老旦问："二手货？"女人没有理会他。老旦又问了一遍，女人抬起了头，她有一张比她的生活动人得多的脸。女人大声说："你才是二手货！"老旦忍不住笑了，说："我是说扳手。"女人也忽然笑了，说："是的，二手货，但比新的好。"老旦说："给我收起来，我都要了。"两个异乡男女就这样认识了。

两个月后，刘巧上了矿山，不过名字不再叫刘巧，叫黑牡丹。这名字是老旦给起的，他小时候看过一个电影，里面有一个女侠叫红牡丹，厉害得不得了，好看得不得了，那是一个男孩青春的梦。

不过，黑牡丹不再做小工具生意，但与工具也有些相关——专收废钻头。不能用的废钻头，多多少少还有一些合金在，合金取下来卖，很值钱。

我见过取合金的过程，有些类似于打铁：把钻头埋在焦炭炉里，风扇吹动，烈火熊熊，钻头一会儿就被烧得通红，用一把大钳夹出来，猛地丢在冷水盆里，过一会儿拿出来，用锤子轻轻一敲，合金就下来了。合金比钢制的钻头本身沉重多了，拳头大一包，十几斤重。合金卖到工厂，再被循环利用。

收了一年钻头，很多人都学会了，纷纷干起了这个行当。

不管哪个门道，人一多，就不再叫门道，成了大路生意。生意难做，黑牡丹就改收矿石。那时候，山上哪一行都如火如荼。开矿的人多，偷矿的人也多，总有收不完的矿石，炼不完的金子。收了一年，据说黑牡丹挣了不少钱。

八月十五，黑牡丹给我们带了两只烧鸡、一瓶白酒，给老旦买了一身衣裳。我们都叫她嫂子，她没有答应，也没有反对。酒喝到一半，黑牡丹有些醉了，尖声说："矿上混了两年，得亏大家帮忙，日子好过些了，就是有个愿望还没实现。"大家问："啥愿望？"女人说："听说秦岭产金子，也产水晶，我怎么就碰不上水晶呢？"老旦说："这东西说易也易，说难比摘月亮都难。"大伙儿说："那玩意儿有啥用，没用，又不值钱。"女人说："我有用，别人可以没有，我得有一块。"大伙儿安慰她："有啥难的，包在我们身上。"

不久后发生了一件事，那件事让黑牡丹再次变得一无所有。那一天，有个人背来了半袋矿石，开口要五万块。黑牡丹看了看矿石，觉得能值八万。她说："行，五万就五万，但我手里没有这么多钱，你得跟我下山取钱。"那人跟着黑牡丹去银行取了钱，在一手交钱一手交货时，两人都挨了一记闷棍。

打闷棍的人是谁，卖矿石的人是谁，黑牡丹后来都知道了，但知道了又有什么用呢？

挑凉皮担的小伙子给老旦捎上来一双皮鞋，鞋里有一张字条：我回去了！

老旦哭了一场，哭完了，背起炸药箱就去上班。工头给他放了三天假，让他下山一趟。他说工作要紧，又说，看，那山头上的红叶多好看呀！大家抬头看，那山上的叶子真的像着了火，把秋天都映红了。

四

晚饭总是在日落时分开始，这是一个分界：白天结束，黑夜来到；白班结束，夜班开始。吃了饭，有人睡觉，有人海阔天空地神聊，有人带了矿灯往洞里赶。最后一拨商贩开始下山，喜悦或沮丧写在脸上，也撒在路上。骡队不分昼夜，它们有一双夜眼，蹄声嘚嘚，把一些东西驮下山去，把一些东西运上山来。大家抽着烟，说着话，感觉少了一个人，想起来那人是老旦。打了一桌麻将，也不见老旦回来。我们知道他出事了，大家进洞去找他。

老旦像一只臭炮弹被卡在了天井中间。这一晚满月如盘，清辉在黑山铺得到边到沿。我们往天井里看，什么也看不到，不要说月光，一颗星星也没有，只有一团漆黑，但我们知道里面有一个人。

大家找来一根大绳，从上面七手八脚把老旦弄下来，他已僵作一团。他的腰上有一只编织口袋，口袋里是半袋矿石，还有几块上好的水晶。难怪人这么久出不来，他有些贪，把井筒找寻了个遍，想熊掌与鱼俱获。我们都知道，他这样贪，一半为自己，一半是为了一个女人。老旦缓过来，说："鸟为食亡啊。"大伙儿说："你命大，亡不了。"他和大家三击掌：此事天知地知，你知我知。

老旦活到了二〇二一年。他拿回的那些水晶有一部分做了好多副眼镜，分送给亲友与邻居。他给自己的那副镶了铜边，戴上后，有一股让人不服又不得不服的文人气质，这气质把他的人生一分为二。他人生的最后几年，学起了地理，其实是专给人看风水。但古来医不自医，他指点别人，却无法为自己指点出像样的未来。

老旦有没有兑现对黑牡丹的承诺，没有人知道。至于他们后来的情况，老旦不会对人讲，也就更没人知道了。露水男女，情情怨怨也像露水，风一吹就干了，像什么也没有发生过。

二〇一五年春，我大病一场，做了一个手术。这辈子，我不大可能再回到矿山，不大可能再见到千米地下的水晶，看到那澄透的六棱镜面映照的世事风雨。我把抽屉里的水晶拿出来，时间太久，早已将它忘得一干二净，在寂寞中它们已有了包浆。我把它们浸在一个水杯里，我想起来水晶需要水的滋养。明亮的阳光和对面的山影打在上面，我看见初冬以及许多事物正慢慢爬上时间的山冈。

最后说一句，刘巧的男人没有死，也没有回来。去了哪里，刘巧也不知道，那是另一个谜。

苦芹记

一

夜里无事胡乱翻手机,读到诗人小引的一篇随笔《月光下的米粉店》,文章写到他在一家米粉店吃粉,粉里拌了一种苦芹菜,味道好得无以描述。开始我以为说的是芫荽,就是天南海北的食客们都喜欢的香菜。但小引大约是湖南人,吃的又是当地的小店,难道湘地也有苦芹菜?看了文章下面的评论,还真的是苦芹菜,他在回复里用到了一个"脆"字,那就是了。

我最早吃到苦芹菜,是在一个住在峡河上游的同学家。

我不知道家乡的苦芹菜最初来自哪里,种了多少年了。它产量低,又不好看,上不了台面,比如老家的酒席主菜十三花,十三道菜没有一道与它沾边,所以它一直不受人待见。我最早吃到它,是高中毕业时。它被切成约莫一寸长的段,连同翠绿的叶子，烩在一碗挂面里。挂面雪白，芹菜碧绿，它们奇妙地组合在一起，诞生出一种奇妙的品相和味道。挂面绵软，苦芹硬扎，一碗面，芹菜倒做了主心骨。说它喧宾夺主也不对，说它客随主便也不是，没法形容。老家有冬天吃挂面的习惯，天冷，随手取来现成的挂面，做饭方便，但多是配白菜或者酸菜，挂面配苦芹，还是第一次吃到。

苦芹菜比市面上卖的洋芹菜柴一些，脆里有着硬度，尤其是叶子，有皮劲儿。它有一股微苦味，但又苦得并不单纯，有些往艾草味上靠。我见过收割蜂蜜时，人们用一把点燃的艾草熏赶蜜蜂的场景，那袅袅弥漫在空气中的白烟就是这个味道。那白烟正好可以把蜜蜂驱离又不伤它们性命，浓而不烈，有度有节。苦芹菜在嘴里极耐嚼，也极耐品，余味悠远，那个远地，似乎就是日子的源头。挂面在制作中含了很重的盐，苦芹菜的味道正好将它中和、消解，或者说遮盖了。苦芹菜有极具温柔的渗透性，汤汁里、面里全是它的味道，如果面里放的是白菜，基本就是帮衬，味道上连搭配也算不上，只是丰富一些观感。

吃了饭，同学带我去见识他家的菜园。园子不大，两叶苇席大小，边缘并不扎篱笆。他爸说，芹菜味苦，不生虫，禽畜不吃。季节才是初秋，草木依旧向荣，那一片苦芹菜长得无精打采、死去活来。它们的叶秆向四方展开贴在地上，只有菜心部位的一两枝竖向空中，比较起来，那竖起的枝叶要比贴地的部分弱小很多，显得力不能支。后来我知道这是它永远的模样。我挖了两棵，拿回家栽在园子里，从此再也没有断绝。

老家海拔高，冬天寒冷，百样绿菜不过冬，只有苦芹菜扛得住冬雪。扒开雪，拔几棵回去，就是一顿下饭菜。

一九九九年冬天，我在麦垄间用塑料膜和竹片做了一个微型拱棚，绿油油的一棚苦芹菜茁壮密实，到了春天儿子出生，正好救了春荒的急。入了初夏，窝了一罐浆水菜，一直吃到山上的野花落尽。

二

二○○一年冬天，我到商南县两岔乡一个叫花岔的村子修通村公路，又吃到了苦芹菜。

两岔乡是距商南县城最远的一个山区乡，山川阻塞，非常穷困。山高沟急，两条河在这里交汇，水患连连，十年九灾，土地很少，人们一直缺少吃的。当地的特产是香菇，也是唯一的经济来源，因为漫山都是青杠树，人们把树砍倒，截成一米多长的断木，种上菌种，在山边铺排成片。秋冬是出菇的季节，有一种花菇像白莲，老远就能闻到香气，但没人舍得吃，都等着卖个好价钱。有时等来一茬好价，有时等来一帮远方的骗子。

我干的是风钻工，那算是我爆破生涯的起始。我们在山脚的岩石上打孔，用炸药炸出一条便路，每天推进几米不等。此前，年年修路年年水毁，这一回老百姓下了狠心，要修出一条"百年工程"。我们三个风钻工住在队长家，队长是一个有些苍老的青年。他有一个妹妹，小巧伶俐、低眉顺眼，给哥哥在镇上换了一个媳妇。她的未婚夫大她十多岁，是个货车司机，雄壮粗糙，能把车开出一阵大风。当时，双双都在谈婚论嫁。我们到来后，家里睡不下了，她就睡在黑乎乎的板楼上，有一架木梯子相通。我们住在楼下，半夜有时会听到非常清脆细碎的小便声，像一粒粒钢珠倾倒在铁盆里，铁盆有些小，盛不下，有一些溅到了盆外面。

队长家有一片菜园，种了满满一园子苦芹菜。相比老家，商南县在地理上靠南，沿312国道南下，出了县就是河南西峡县，那里曾是"恐龙的故乡"。西峡已是半平原地区，物产和生活都要富裕得多，两岔这里的人常去河南赶集。两岔乡气候温暖，虽然是冬天，但操作冰凉的机器感觉并不十分冰冷。

整整一个冬天，我们吃芹菜香菇羊肉火锅。

我们吃的叫派饭，就是饭被派在某一家，伙食费将来由工程部结算。领导要求，让师傅们吃好，把活儿干好。队长的老爸放着一群山羊，山上种了几十架香菇。苦芹菜炖香菇羊肉，方便又绝配。

老火锅是铜制的那种，有些古旧，绘一溜缠枝莲花纹，有脸盆大小，中间空心的地方可以放燃着的木炭提供热量。羊肉、香菇、碧绿的芹菜在锅子里沸腾、翻转。它们的味道和整个冬天纠缠在一块儿，筷子和我们的舌头怎么也无法分离。苦芹菜加入白豆腐一块儿炖，可以去除口里的烟臭，这是村里老中医说的。

我老家也产香菇，但到了太冷的时候就不长了，比较起来，这里要温润得多，冬菇品质最好。一个冬天，经常看到一群人把一袋袋香菇背下山，把一袋袋面粉和日用百货背回山上去，其中有很多酒。菇袋子体大身轻，下山的队伍是一溜行走的塑料袋子，不见人头，不见人脚；而上山时，有限的货物中才显出匆匆人影。

公路修到了王二沟口，有一块巨石，叫鹰石，远看近看都是活脱脱一只苍鹰。王二沟的人说，这是神鹰，几百年了，保佑着村子人丁兴旺，无病无灾。村里人不让动，可它恰恰挡住了去路。指挥长说，屁，炸！

我记得那是个有月的夜晚，一轮明月高悬在苍山之上，月光淡淡的，照着山脚若有若无的人户和狗叫。大河边有一排老杨树，叶子落尽，枝干在阴影中一动不动。树顶上有几个老鸦窝，远远地看，像一只只擎向天空的碗，讨要着什么。

那个晚上，负责点燃十公斤炸药的队长变成了独眼。鹰石旁边不远有一个坑，上面的石头向一旁还有一点儿延伸，正好能藏住两个人的身子。队长负责点燃引线，另外一个人叫双子，双子负责接应——队长点燃引线后，双子接应他跑回来，藏好。如果慌张中跑错了方向，后果只有一个，可以想到的情状。当然，如果引线长一些，可以跑得远一些，安全一些，但村里没有多余的钱，能省一尺是一尺。

点燃了引线，两个人跳下坑，藏好了，却老半天听不见爆炸声。双子说："是不是没点着？"队长说："不会，我看见导火索冒出一尺高的火花子才转身跑的。"他们又等了一阵子，还是没声，队长就站起来，趴在坑沿上往那边看。坑有些深，够不着地面。队长说："双子，你趴着，让我踩在你肩上。"双子就趴着，让队长踩在肩上，队长一寸寸冒出身子。这时候，轰的一声，石子像天女散花一样散过来，散得漫天漫地，一些散在了队长的头上脸上。这些，都是事后双子讲的。

这个时候，我们正陪着指挥长吃苦芹火锅。那一天的苦芹特别好，经过了霜冻，那个皮劲儿大打折扣，只剩下脆劲儿，微苦中有清香。菜心部分微黄，像韭黄，但又不像韭黄那么弱不禁风，在肉片面前仍有气势。所谓指挥长就是村主任，他在当工程兵时参与过一些土石工程作业。专业上讲，他是个合格的指挥员。

队长姓奔，叫奔有才。此后到今天，我再没见过这个姓，也再没有这个人的消息。

三

那一年，我们过运城盐湖时是农历八月初。我没有记住盐湖的风光，记住的是沿途公路和乡道上晾晒的金子般铺天盖地的玉米粒。它们连村接舍，无边无涯，那真叫一个壮观啊。我更惊讶于它们主人的双手是怎么把它们从棒子上一粒粒扒下来的。小时候我扒过新玉米粒，那不仅需要耐心，还需要狠心，有时能把指头扒下皮来。后来，我走遍了北方，见到的都是把玉米棒子挂在檐下或树上，要么就是堆在院子里过冬，风干，而后脱粒，没见过这样扒新粒晒干的。

所子坐在我的旁边车帮上，指着盐湖说，山西的盐不能吃，我问为啥，他说有毒。我们看见推土机把白花花的盐从湖水里推上来，堆成许多小山，又把另外一种更细的白色东西堆在另一边。它们似乎是共生的，至少是共用一湖水，分出谁是谁确实是项艰难的工作。所子说那些很细的东西是硝，制造炸药和肥料用的。我知道硝其实也是可以食用的，比如观音土里就含有它，据说还有健脾的功效。

我们此行是到盐湖后面的山上开采铅锌矿，一个不算工程的小工程。那时候矿业遍地开花，是最能贡献个人收入和地区GDP的产业。

第二天早晨从工棚醒来，看见漫山的酸枣红彤彤的，大的如蚕豆，小的如花生豆，青的往红里赶，红的往更红里赶，更红的那些红得泛着釉光。酸枣是此时季节的主打。吃了早饭，工头说："你俩去半道上接个人，她是你们的大师傅。"大师傅就是炊事员，给工队煮饭的。这个角色不重要却不能没有，一方面人人都得吃饭，一方面女人是一道风景。这风景虽然不能吃喝，也颜色单调，但可以让人安稳，让人多些不实际的想法。想法有时候比吃喝更顶饿、更重要。我和所子快马下山，开着拉矿石用的三轮车。

在半沟的沙子路上，我们接到了大汗如雨的缨子，她一手拖着一个巨大的行李箱，肩膀上扛着她很小的儿子。小孩睡着了，在肩上一颠一颠的，像一件饱满的行李。所子悄悄说，噫，这婆娘正经东西！所子接过孩子，上了车，我负责驾车。此后，无论是下山买材料，还是送人接人，都是我开车，因此我练出了一身过硬的本领。车飞奔着，尘土漫天，我们身上都是灰尘，成了土人。小男孩渴了，哭叫着要水喝，可哪里也没有水。我停下车，用空矿泉水瓶从机器水箱里放了半瓶水，水很烫，塑料瓶立刻变了形，瘪了。我想起来口袋里还有一颗糖，就放进瓶子里摇了摇，糖很快就化了。孩子喝了水，冲着我笑。缨子说，快谢谢舅舅。孩子说，谢谢舅舅！

缨子是汉中南郑人，那里挨着四川，饮食与四川相近，口音相近，身材也相近，丰满的S形，一张青春不败的娃娃脸。缨子一手好厨艺，饭菜能做出很多花样、很多味道。她还有一门好手艺，她抓着一只鸡，当着众人的面杀鸡如砍瓜。只是那快刀利剑，那刀刀见血，让人害怕。我觉得那不是杀鸡，那是儆猴，在荒天野地的矿山，男人们少有好东西，和猴子差不多。

工头从山下买回一捆芹菜，芹菜炒腊肉，是工队最常见的吃法，有肉有菜，有红有绿，好看又解馋。缨子对工头说："你就不会买菜，你看这短的是假芹菜。"她随手把它们挑出来，要丢掉。工头说："我也不认得，在村里买的，这些杂毛，卖给我假芹菜。"我说："那不是假芹菜，是苦芹菜。"我把它们收集起来带回工棚，下班了煮面条吃。我是工队唯一不爱吃大米的人，视面条如命。缨子知道我好这口，下山买菜时，会顺带买一小捆苦芹菜回来，给我煮面条。开始我也没有觉得缨子有多好，煮过几回面条后，觉得缨子真是个好女人。她把苦芹菜挂在床头的竹竿上，对儿子说给舅舅看着，小家伙就谁也不让动。

时间过了九月九，山西的天气凉了。酸枣树都落光了叶，枣们红得忘了自己是枣，在风中闪闪烁烁，忘乎所以。野金菊黄成了金子，一坡一坡的，前呼后拥，翻山越岭。酸枣不是一天熟透的，白霜却是一夜来到的。早晨起来方便，热乎乎的尿液直接有力，但在地上草上怎么也洇不开，一卷地图展开半页，有山无岳，有水无岸，遮遮掩掩。我们知道，冬天真的来了。

洞子打到了三百米，出矿了，只是矿带很窄，不值一采。老板说继续往前走，我们就把巷道继续往前延伸。往哪里延伸，我们也不知道，这个不归我们操心，我们只负责把每天的活儿干好。其实也没有人知道该往哪里走，老板住在运城市里，过着江山美人的生活，心都让工头操了。工头之所以最操心，是因为他的收入与矿的收入相连，也就是说，如果打不出矿，他也只能挣个操心钱，工具设备的投入就打了水漂。我和工友们最担心的是把山体打穿，那样老板撤了摊子，我们的好日子就过到头了。

停电了,据说山脚下的变电所在维修设备,要停好几天。一些工人就下山去了,谁也不知道他们到了山下的哪里,工人们来自四面八方,身世彼此成谜。我和所子去山顶上看山的状况、山的厚度,估算打到什么位置了。当然没有人让我们去做这件事,是我们要为自己的明天打算。走了大半天,登上了山顶,山一点儿也不巍峨,山的那一面一点儿也不陡峭,同样酸枣漫漫,荒草无边。这说明山体的厚度足够,也说明了我们的明天还很广阔。

我们冲着山那边的小村子喊了几嗓子,没有应答,可能连狗也没有听到。村子太远了,隐约缥缈得像一个梦。山风太大了,摧枯拉朽,吹得头发和衣服又挣脱又服帖。我们冲山下撒了一泡热尿,然后回头下山。

下到山腰,可以看清矿区了,只见缨子站在工棚门口,向山上张望。她的红衣裳无比扎眼,像一串挂在门边的红辣椒。所子说:"这女人真是正经东西!"我说:"正经不正经不知道,不过挺不容易是真的。"所子说:"缨子给你煮好芹菜面条了。"

到矿场,听到厨房里似有人打斗的响动。推开门,果然看见一个人抱住另一个在啃,像啃一根甘蔗,一个死不放手,一个拼命挣扎。甘蔗显然很难啃。不是别人,是工头和缨子。我们当然明白是怎么回事，我操起案上的洗菜盆，把一盆水冲着工头兜头浇下去，他们像两条蛇一样解开了。

工头有些恼羞成怒，但面上一点儿也不显。他嘿嘿一笑说："练练手艺，练练手艺，别当真，别当真！"所子也笑着说："就是，就是，我们男人的手艺都荒废了。"

半个月后，缨子下山走了。之所以走，不是饭不好做，也不是怕再被人欺负，她说是因为工资太低了，更主要的是，她的儿子要上幼儿园了。缨子说要去城里找份方便让孩子上学的工作。

自然，是我开车送她下的山。

四

说一点儿题外话。

几十年里，我住过很多旅馆。住过三块钱一晚的旅店，为省电，老板不让拉灯，上厕所看不见，点一支烟。如果店里当晚没有客人，也可包房间，四张床，十块也能拿下，摊到每个人头上，更便宜。当然，挣了钱的时候，也住过几十上百块的店,除了干净点儿、服务周到点儿,本质上也没有区别,都是睡一晚上觉的事。旅馆是个归来的地方,说到底,也是个出发的地方。东与西,南与北,成与败,荣与辱,生与死,在这里完成一场又一场接力。旅馆也是一个江湖,看得见看不见的刀光剑影,人世百态,尽在其中。

运城那场活儿结束的第二年,我去了山东招远,在一个小县城又碰到了缨子。人一辈子有无数场相见,有些说得清,有些说不清,有些像没有相见,有些像再没有别离。那个晚上,我去住旅馆。

旅馆叫缨子旅馆,有些高档,有些气派,有几十个房间,三四层楼。在前台登记时,小姑娘问我:"你一个人?"我说:"一个人。"她又问:"要按摩吗?我们有好几档服务。"我说:"就是睡个觉,明早天亮就奔山东了。"这时候,从后面走出来一个人,化了妆,很时髦,有些漂亮,甚至有些妖艳。我们几乎同时认出了对方。缨子放下事情,我们说了很多话,关于别后的事情,关于她的事业、她的家。她男人好几年前就走了,葬身在日喀则。最后,她给我安排了一个最好的房间,当然最好的就是最贵的,她没要钱。缨子说:"无论出去回来,只要经过这里,就来住,这么大的店,也不少你一张床,你也别硬争气,省几十块钱,买件衣服。"我说:"行。"

半夜里，家里有急事来了电话，怕吵着别人，我去院子里接电话。小县城灯火通明，车喧人嚣，漫街灯光连接着天空。经济的突飞猛进，让无数事物充满了酒醉的味道。

半年后，从山东回来经过这座小县城，我又去了缨子旅馆。可招牌已换了名字，也换了内容，改成了小超市，依旧热闹非凡。我问原来的主人去哪儿了，没有人清楚。有一个人知道，说吃牢饭去了。

我想起所子常说的一句话：正经东西。心里想，世上原本没有正经东西，也没有不正经东西，有时正经，有时不正经，许多东西大概都是这样的。正经与不正经，有时并不由己，由谁呢？也说不清。

南阳小贩

老家峡河这地方名声不大好,不是因为出过什么见不得人的事,更不是因为人们多么不靠谱,都是身不由己闹的。时间到了一九六一年春天,才有了现在的由龙驹寨升格来的丹凤县。在此之前,峡河隶属过南边的商南县、北边的洛南县,因为总是改换门庭,左右摇摆,被人戏称为"三姓家奴"。在一些人眼里,峡河这地就不那么正经,和《三国演义》里屡屡认贼作父的吕奉先差不多。这当然是没有办法的事情,这个世界上,许多人、许多事、许多时候都身不由己,谁让你又偏又穷呢。

虽然隶属过三个县,但到今天,峡河人对哪个也不亲近,即便是对于如今的"婆家"丹凤县,也没有一点儿归属感。要说最有亲近感的,还是南阳,虽然两地隔着伏牛山、丹江,迢迢五百里山水。

说起来,话颇长。早年间,峡河没吃的,人们出门讨饭,都往南阳走。往南阳走，一是因为顺着丹江往下走，长平大道，顺风顺水，路好走；二是南阳有粮食，沃野千里的盆地，得白河、丹水之利，世事再艰，都饿不死人。上辈里，好多女孩子都嫁到了南阳。女孩子跟着大人行讨，见谁家有合适的小伙子，丧了偶的、离了婚的，给个三斗两斗麦子就嫁了去。嫁过去，生儿育女，当家做主，家里的粮食就可以接济娘家人、亲戚们。

二十世纪八十年代后，包田到户，人们放开了手脚土里刨食，吃饭的问题渐渐解决。但另一个问题又来了，穿衣的事、日用的事……峡河这地方，地缘上三不靠，去哪个县城和集镇都要翻山越岭，赶一趟集耗一天的工夫。百废待兴的年月，地里家里的活儿比牛毛都稠，没有忙得过来的时候。于是，另一群人就诞生了，那就是南阳小贩。南阳人会做生意天下闻名，这些精明的人挑着衣帽鞋袜、日用百货，走村串户，唱作叫卖，一时间为峡河人们的生活带来了极大方便，也就有了说不尽的人与事。

一

小月是个女孩子，第一次跟着人到峡河时才十五岁，初中刚毕业。她的家在唐白河边上,姓曹。唐白河边上,人们不姓白也不姓唐,姓曹的多。白河是南阳的大河,唐河也是大河,两条大河交汇在一起气势就更足了,因而也十年九泛。河水浇灌了南阳盆地,河边上的人烟却并不得其利,人们都穷,这也是没有办法的事。

小月的叔叔老曹是大高个儿,有一米八多。个头大,力气也大,一挑担子像两座小山。小月背着一个彩条布包袱走在后面,像一棵玉米后面长出一棵豆苗。豆苗青嫩羞涩弱不禁风,被玉米牵引着,想独立自主又身不由己。老曹是个好叔叔,不急着打开自己的包袱,让小月先打开包袱。他对大伙儿说:"这是俺侄女,新月上梢,初来乍到,大家多照顾,往后还得仰仗乡亲们抬爱。"小月低眉顺眼地说:"叔叔阿姨多照顾。"小月个子不高,但极匀称,五官如画,令人心爱心疼。大家就在小月的包袱里抢,有些是当下需要的,比如衣袜鞋帽,有些是将来需要的,比如小孩儿的东西、下个季节的东西,有些可能永远也用不着,购买只是为表达一下心意。

我那会儿初中还没毕业,比小月小两岁,但个子比她高出一个头,在学校是体育委员。小月的包里有一件运动上衣,火红色,袖子上两条白筋,青春极了。我没有钱,就对小月说:"能不能等我一个小时,一小时后就有钱了。"小月抬头没主意地看看老曹,老曹摸摸我的头说:"中,等你小子一小时。"他又转头对乡亲们说:"谁家有没劁的猪?"老曹也是个劁猪匠,顺带着也劁猪。我跑到北山上,山上有死掉倒下的青杠树、麻栎树,都是顶火的好柴火。我扛起一棵树,背到了小学校,管后勤的是我小学班主任,他犯了信口开河的错误,被降级到后勤。他说:"也不用称了,算一百五十斤,给你三块钱。"柴没有一百五十斤,我知道他在照顾他的学生。

那件运动服有些大,挺精神,穿上它,我成了整个学校最靓的仔。我从初中一直穿到高中毕业,篮球场上,课里课外,出尽了风头。后来到了矿山,又用它做了工作服,在一片迷彩服中,它非常打眼。当工作服穿了很多年,一直没有穿烂,最后因油渍不堪,丢弃在了喀喇昆仑山的一个矿洞里。穿着它的很多年里,我有时想起小月,有时又把她忘了。想起她,是因为她带来了这么好的衣服,伴我走过看不到尽头的岁月,仿佛伴着我的是一个人、一轮月亮,而不是一件衣服。忘记她,是因为见过经过的人和事太多了,它们层层叠叠漫山遍野,记忆里盛不下了,时间会自动清除并不重要的一部分。

小月跟着叔叔跑了几年,就开始独立起来,走自己的路,做自己的主。老曹有些老了,身子弯了,也跑不快了,而小月长成了大姑娘,年轻,有了自己的想法。有一回,在金矿打工的午子从矿上回来,除了脏衣服、工资,还背回了一包铁疙瘩,他是爆破工,那是用旧了和用剩下的钻头。媳妇问午子:"你几百里背它回来有啥用,是不是吃多了?"午子说:"你懂个屁,你看这合金,可金贵了。"小月那天也在场,午子买了几件衣服,准备用来做工作服。小月问:"村里村外、四乡八镇的,这样的钻头多不?"午子说:"多,干这行的人多,用过的和剩下的钻头也多,就是不知道往哪里卖划算。"小月说:"有多少,我都要了。"其实当时她也不知道怎么处理合金、往哪里卖,但觉得有制造的,就一定有回收的,毕竟是贵金属,和衣服不一样。

小月再挑来衣服、百货,家里有钻头的可以用钻头交换,大家两觉其便,都很乐意。小月怎么取下的合金、卖到了哪里,对于卖钻头的人家以及小月的同伴来说,都是一个谜。换了两年,小月不再小打小闹,她收购起了电机、柴油机这些大物件,把它们拉回河南,翻新喷漆,当新的再卖出去。

小月发迹的故事,一半来自道听途说,一半来自老曹之口。多年后的某个秋天,峡河发大水,老曹在过河时被山洪卷走了,一直卷到了湖北老河口。行走了一辈子江湖的人,最后被江水收走了。人这一生,来与归,生与死,说不清道不明,肯定早有定数。从此世界上没有了老曹,也再没有听说过小月的故事。确切地说,有关小月最后的故事,停滞在老曹被大水卷走的三天前,那是在村西的大核桃树下。

张婶买了一件长衫,打算百年后作寿衣,顺带问起小月的情况。她的小儿子张盼一直想娶小月,二十八了,还单着。村里人想起来,确实有些时间没见过小月了。老曹说,唉,这孩子,成也心大,败也心大。

小月把柴油机、发电机卖到了哪里?当然是卖到了工厂和矿山。那时候,矿山和工厂遍地都是,但不是所有的工厂都有电,一些工厂要自己发电,而矿山基本都没有电,完全靠自己造出动能。在买卖这些二手机械的过程中,小月认识了很多人,其中有一个老板,福建人。老板动意小月一起去甘肃一座山上开金矿,小月本不想去,想继续做二手机械生意,但禁不住老板画出的黄澄澄的蓝图的诱惑。还有一个原因,小月喜欢上了这个男人,自己也不小了,而这个男人英俊、年轻,还有大想法,就跟着福建人上了山。老曹说:"我们都劝她别去,但都劝不住,这孩子从小就是个有想法的人。"

小月带着积蓄,跟着这个男人上了矿山。矿山在迭部,站在山顶上,可以看到远处云雾缭绕的九寨沟。这座山也同样云雾缭绕,山头巨大的云杉显出神秘。山上的人放牛、羊和牦牛,也种玉米和苦荞。金脉是他们发现的,但他们不开矿,只卖地皮。小月到时,已经开了好几个洞口。福建人在两个洞口之间买了片地皮，买来机器，找了几个工人，干了起来。

洞口打到五百米，福建人的钱、小月的钱加一块儿也花得差不多了，却始终不见矿的影子。福建人说回老家找钱再投入，一走就没了音讯。小月在山上苦苦支撑，工人看不到希望，讨要工资，要散伙。小月对工头说："今天再干最后一茬炮，再不出矿，卖了机器给大伙儿结工资。"工头说："行，再听你一回，如果再不出矿，你得跟我走。"炸药也差不多用完了，只剩最后一箱。一茬炮过后，出现了一米多厚的矿带，蓝幽幽的铅、黄澄澄的硫，矿石像被油浸过一样，品位很高。矿山的事就是这样，成与败，贫与富，往往就隔着一层石头的距离。那个晚上，小月做了几个菜，和工人们推杯换盏大醉一场，也哭了一场。

如果不出意外，所有的付出都值得了，但出了意外。一座山，矿脉一般只有一条或两条，你打到了这里，别人也打到了，一群狼，吃的是同一块肉。那天晚上，福建人到工作面看情况，工作面轰的一声，墙壁被炸穿了。对方填了太多炸药，威力巨大。福建人变得比矿石还碎。

事后，有人说是意外，有人说是对方设计的，早派了卧底，在这边洞口充当工人干活儿和打探消息。事出一定有因，但查无实据，最后对方赔了这边一些钱了事。小月悔青了肠子，如果她不把福建人喊回来，就不会发生这样的事，或者发生了，死的会是另外一个人。本来福建人已经放弃了，要重操旧业，出海打渔。但世界上的事没有如果，意外和意料是同等的，同样远也同样近。

老曹最后说，小月把这些钱送到了福建人的老家，给了他的父母，就再也没有回来。听说她还在那边做生意，带着一个没人承认的孩子，生意是赚了还是赔了，没人知道。

听的人都叹了口气，有人说这是什么事啊，有人说可惜了，可惜了。大伙儿又想起来小月第一次进村时的情景，七月流火，一棵青涩的豆苗跟随一株玉米，弱不禁风，低眉顺眼。

没有人知道，我也曾有一个梦，想娶曹小月。

二

那一年，我在镇上中学读初三。

去学校要翻过高高的三条岭，那是唯一的岭，必经的岭，没有哪儿可以绕过去。直到今天，人们只要去镇上，或从镇上回来，还照样如此。三条岭上，早年有数不清的桐子树，到了春天开粉白的花，一片一片，好看极了。而如今，桐子树被砍得差不多了，荒草丛里长出漫山的野连翘来，春天一到绽开一丛一丛灿灿的黄，也好看极了。

那是个雨后初晴的日子，星期天。我们一群孩子，各背着一兜馒头，提着酸菜桶去学校。泥土路浸透了雨水，松软泥泞，我把黄胶鞋脱下来，两根鞋带相接，挂在脖子上，鞋子像两只松鼠在胸前跳荡。这样到了学校，鞋就不会脏了，洗了脚穿上，就又是干净的少年。虽然才下过雨，没有太阳，但六月的天气依旧很闷热。光脚踩在泥里，泥巴也是温热的，从脚趾头缝隙间冒出来，包裹那么一瞬间脚趾，很快又被甩在身后，新的泥巴簇拥着再次挤来。身后，一长串清晰的脚印，深深浅浅，有些慢慢汪出清水。

一个人，挑着一副担子，从后面赶上来。他比我们走得快，一路走一路唱，人和脚步都很轻快，仿佛挑着一副空担子。在经过我们身边时，我断定他是河南人，因为他唱的是河南戏，一种很少听到的调子；同时也断定他是卖衣服的小贩，因为他担子一头包袱的拉锁没拉严，露出了花花绿绿的色彩。扁担上下闪动，挑子一定很沉重。三十多年后的今天，我猛然想起来，他那天唱的应该是南阳越调《两狼山》。其中有几句，我听懂了，也一直记得：

  我的儿搀老父庙门以前,
  你看那啸霜马鲜血染完。
  出言来啸霜马一声便唤,
  老爷的言语细听心间。
  …………

  河南人虽然每年都来峡河唱戏,但唱的多是豫剧和曲剧,听得多了,那缓疾念作,大人小孩都会一些,也就不稀罕了。这个人唱得不一样,声音苍凉,含水噙铁,像刀子浸了冰、淬了火,又冰冷又炽烈。这个人自顾唱,自顾走,我们几个孩子在后面追着听。

  后来我长大了一些,懂得了一点知识,知道这个唱腔叫老越调。越调算小戏种,诞生在南阳,到后来唱出去了,经申凤梅大师改良、丰富,才真正流行起来。在申凤梅之前,越调还不十分成熟,还在低处,还是事物人心本来的形状。这个人唱得就很随心随性,喜悲于声。

  他急匆匆往镇上赶,是要赶每年一次的乡镇物资交流会。几天后,我放了学去街上买东西,又碰见了他,我听见人们喊他老侯。他把摊子摆得很大,用一把二胡招揽客人,充当叫卖声。当地人只卖不叫,像演哑剧,老侯的生意显得特别热闹、特别好。

又一次见到老侯,是在一家人的孝堂上。

生是真正的到来,死是真正的离别,一别永远,所以总得相送一场,就有了孝堂的歌场。一群人围着棺材,三天三夜,唱大喜大悲、大爱大恨,唱自己,唱别人,唱人世间的相逢和离别,表达祝福和哀悼。细想起来,人世间的事比雨点都多,但总的说来无非两件事:相逢与别离。

村主任的父亲老村主任走了,这是一件惊动十里的大事。那几天到场的人特别多,人们放下手里的事,像无事可干的人,桌子从院里一直摆到大路边。老侯挑着衣服碰巧路过,也加入了进去。加入进去,是因为这种事来者不拒,关键是老侯也想多卖点儿衣服。主家说:"来的都是客,今天不走了,在这儿吃饭。"老侯吃了席,觉得很不好意思,跟主家说:"虽然歌师傅很多,但我也想唱一曲,送送老人家。"主家和大伙儿都说行。

满孝堂的歌师傅们停了喉咙和家伙什,听老侯唱。院子里里三层外三层,都是人头。老侯拿出挑子上的二胡来,自拉自唱:

秦雪梅见夫灵悲声大放,
哭一声商公子我那短命的夫郎。

实指望结良缘妇随夫唱，

有谁知婚未成你就撇我早亡。

实指望你中状元名登金榜，

窈窕女歌于归出嫁状元郎。

⋯⋯⋯⋯⋯

有懂的听出来了，唱的是《秦雪梅吊孝》。这是一出苦戏，虽是戏，在这生死的场合，却仿佛是专为眼前人、眼前景编排的戏码。不同的是，老侯把原本的豫剧改成了越调，大起大落的越调益增其色其悲。一曲唱罢，人们一片叫好声。老侯起身打一躬说："我走了。"大伙儿喊："不能走，再唱一个。"老侯说："由歌师傅们接着唱，我走了。"主家出头说："大家让你唱你就唱，你的衣服我包了。"老侯没有办法，又拉起来唱起来。

三月的天气真好，不冷不热，万物生长。峡河边的新柳吐出新绿，在风里摆荡。经历了长长冬天的芦花虽然凋残，但大部分还在，它们浩浩荡荡沿着河岸往下游白，不知道白了多远，白到哪里去。老侯唱了一曲又一曲，一直唱到月上云天。调子有时苍壮，有时柔婉，有时欢喜，有时悲愁。苍壮与柔婉，欢喜和悲愁，在孝堂上一点儿都不显得违和，让孝堂变成了真正的孝堂。人们有时叫声四起，有时鸦雀无声。大家仿佛看到那亡灵被送到半空，又折回来，再被送远。那灵魂像一片树叶，在弦调唱声里徘徊，不愿落下，不忍离去。

父亲那天也在场，他是歌师傅之一。晚上，老侯没有走，衣服被主家包了，没有走的道理。他和父亲通腿睡，墙洞里的油灯彻夜没熄，他们说了半夜的话，我睡在隔壁，也睡不着，听到了一些。

老侯原来在县剧团唱老生，十来岁开始唱戏，虽以老生为主，但唱久了会的就也多也广，哪行都拿得出手，成了团里的台柱子，风光人物。唱着唱着，有个女子喜欢上了他，这女子在团里弹古筝，是他的远房表妹。老侯那时还是小侯，有模有样。开始他心里不情愿，同族婚姻放在早先是要被活埋的罪名。但时间长了，架不住那筝里的幽怨，那刀子与烈火，让人害怕又动肠，两人就走到了一起。这事最后还是被家族发现了，老侯再也不能唱戏了，家也不能待了，就出来挑担卖衣服。一挑很多年，小侯挑成了老侯。

一九九九年冬天，我开始上矿山，一去十几年，风里雨里生里死里漂泊，很少回家。关于老侯，关于老家，知道的有限情况是，老侯一直还在挑担卖衣服，人们还在买着小贩的东西。不过，卖衣服已经不是老侯唯一的事业，他捎带给人唱喜丧，对村里人家的红事白事有求必应，业务范围渐渐扩大到更远的乡村，也唱出了名。有的主家给钱，有的不给，有的给得多，有的给得少。有抱不平的对他说："不给钱就不唱，戏哪是随便唱的，又唱得那么好。"老侯说："没钱也得唱，谁让俺好这口、会这口呢。挣钱事小，唱戏事大。"

老侯卖衣服，唱喜丧，走乡串镇，像个游魂。我有好几年再没碰到过他，想着他也年纪大了，怕是再也碰不上他了。不想一年后，在小秦岭樊岔，竟又碰上了他，他在给一家坑口机器供水。

那天，我们几个人下山，看见一个人背着一只塑料壶，沉重地往山上走，走近了，认出竟是老侯。塑料壶里装着满满的水，一壶五十公斤。山上很多坑口没有水，工人、机器都需要水，于是就有了一群人，人称"背水客"。我叫了声侯师傅，他抬头看我，我记得他，他大概已不记得我了，惊诧了一会儿，突然想起来我是谁了。

我们说了一阵子话，天南海北的话。他不卖衣服了，也不唱喜丧了，说挣不到钱，到矿上背水好几年了。临别，我给了他一包烟。

樊岔属小秦岭，岭一点儿也不小，除了华山，就属这里的岭头最高、峪最长。一条峪有上百个坑口，机器轰鸣，灯火夜夜照天烧。最高的岭头上有一座小庙，有人说住着狐仙，有人说敬的老君，说他们管着这里的金子，让谁发财谁就能发财，香火很盛。

有一天，我从庙里下来，在半山上又碰见了老侯。他说不背水了，跟着湖南人一块儿在河里淘金子。我见过他们，湖南隆回一带的人有淘沙金的传统，他们戴着斗笠，披着雨衣，带着一只小木船似的东西，在沙里淘洗，每天到天黑时淘出一疙瘩金沙，拿回住处，加水银烈火大炼，炼出纯金。这群人像候鸟一样，无声无息漂游不定，一个地方淘尽了，再换一个地方，祖祖辈辈一脉相传。他们淘遍了中国，也有去海外的，总之，这是一个有些神秘的行业。我问能不能挣钱，他说得靠运气。

几个月后，我离开樊岔去青海，去祁连山，老侯还在那里。那天是个阴天，快下雪了，漫山苍黄，野菊花开得像一朵朵的金子。因为等车，有一阵子无聊的时间要打发掉，我们站着说话，互相递烟抽。他递给我的烟是黄金叶，我知道他没有挣到钱。我问他还唱不唱戏，他说还想唱，就是没人爱听了，年轻人忙，不爱听。我知道不是他唱得不好，是没有人懂得。人们都觉得戏就是戏，自己在戏外，不知道的是自己一辈子早在戏里。

此后关于老侯的事，我就不知道了。

三

关于南阳小贩的人和事,还有很多,有些是我知道的,有些是我不知道的。有些人我见过,有些人离得很遥远。就像人一辈子碰到的那些雨、那些雪,有些落在自己头上,有些落在远处,有些打湿的是我,有些打湿的是他人。

关于他们、他们的故事,如果有人想听,我会接着讲;如果不爱听,就算了,就当这世上没有他们来过,没有发生过那些故事。

需要说明的是,如今,在我的家乡峡河,已经没有南阳小贩了,就连当地小贩也没有了。不是说大家都成了神仙,不需要消费了,是没有人了。一河上下,只剩芦花还在一年一年绿,一年一年茫茫地白。还有,就是网上购物太方便了,有了互联网,连谈恋爱都可以足不出户。

至于以后还会不会有他们,谁知道呢。虽说世道有轮回,但怎么轮,往哪里轮,那是世道的事。

苦荞

一

说荞麦有两种,甜荞和苦荞,但我没见过甜荞,只见过苦荞。

"麦见阎王,谷见天,三棱子苦荞掩半边",说的是苦荞的种植方法。苦荞比小麦和谷子都容易种,不挑地也不拣肥,是地不是地都行,反倒是山坡地最好,透风利水,产量高出许多。地也不用深耕,种子撒上去,随便扒拉几下土掩住了随它长就是了。还有一点,就是苦荞一年能种收两次,春一季,秋一季。在一年一收的秦岭南坡峡河,苦荞算不上主粮,但比主粮填充过更多人的肠胃。

苦荞花也有两种,粉红和淡白,无论粉红还是淡白,下面的茎都一律是暗红色的,像一条条血管。一样的血,供出两种花色来，就让人不解。花柔弱，茎也柔弱，两个柔弱加起来，却一点儿也不柔弱，再大再狂的风雨，对它们都无可奈何。苦荞花花期很长，春季的荞花几乎能接续住秋季的荞花，像永远不败似的。当然，结果就是一片地里的苦荞成熟得乱七八糟。有一年，村里来了一个瓦匠，给村里做瓦和烧瓦，他忙活了半年，苦荞花就在坡上慢条斯理地开着。瓦匠有些替它们着急，嘴里骂道："这狗东西，光开花不结果，像个假女人。"瓦匠是平原上的豫东人，只懂得麦子，不懂得苦荞。村主任说："胡扯，它可比你懂事多了。"

苦荞收割起来也简单，用镰刀割了或连根拔起，吊在能避雨的地方，或在空地堆积起来，自然风干，然后脱粒。只是苦荞的籽和茎含水量都很大，要放好长时间才能干透。收了苦荞，下一季庄稼进入忙季，人们每天自顾忙别的，等忙完地里和手头的活儿，荞籽、荞茎都干了，一点儿也不耽误事。如果要出门，就只管出门，苦荞在屋檐下老成持重，放到冬天也不会腐烂，不会生虫子。

有一年冬天，我去迭部一座高山上的矿里打工，走到半山腰，看见几户人家，木墙乌瓦，檐角上白云飞渡。院场里堆着高过人头的荞麦垛，有些已经脱粒，有些还没有。风干透的荞秆呈现出让人安静的淡黄色。后来到其中一些人家做客，知道苦荞是他们最重要的主粮，摊饼或蒸饺是最喜欢的做法。苦荞的吃法可能很多，但我见过的不多。在老家，见得最多的是蒸虚糕。虚糕，有的地方叫发糕。苦荞虚糕的蒸制过程比玉米发糕更复杂些。

首先要用到一种碱水，碱水的获得方法十分复杂。碱水就是草木灰通过淋漏沉淀而获得的一种咸涩的水，最好是玉米芯灰淋得的碱水，劲儿大，味道更正。草木灰装在一个垫了厚厚麦草的筐里，上面一只漏壶细细地淋，下面一股水点点地滴。碱水呈棕红色，不透明。低头看它，映在里面的脸，比清水里的脸清晰；如果是笑，看不出笑，只能看见黄牙或白牙，像没有笑。

荞面里加多少碱水，很有讲究。多了，苦荞糕发苦；少了，不虚，粗糙难咽。我奶奶有一门蒸虚糕的好手艺，她蒸出的虚糕像海绵，糕里细孔密布，如白蚁的巢，按下去，能再弹起来。特别是冷糕，放一块在嘴里，味道山高水长、峰回路转。苦荞糕呈豆绿色，像一种很好看的磨刀石，而苦荞饺子呈土灰色，它们不但颜色不同，味道不同，口感也不同。苦荞饺子如果没有馅儿的加持，一点儿也不好吃。我奶奶活到了六十二岁，最后死于高血糖并发症，她蒸虚糕的手艺也消失在了风尘里。

农历六月中旬是核桃成熟的季节，"六月六，灌香油"，核桃仁开始变得饱满又清香。用小刀剜开壳，剜出仁，扒了薄皮，在热锅里煎，慢慢煎出油香。这时候，把苦荞虚糕切成片，放在锅里一同煎。核桃仁还很嫩，油也有限，不敢大火，锅洞里不能添硬柴，添一小把荞麦秆，待火弱下去，再添一把，循环往复，待虚糕片每个孔里都浸润了油与香，夹着核桃仁入口，美得死去活来。

峡河小学在峡河边上，一个斜坡的操场，一座两层泥巴土楼。有一段时间，因为人口膨胀，短暂地有了初中。初中在楼上上课，小学在楼下上课。木棍加泥巴的楼板充满了弹性，上面的人一活动，楼板一起一伏，有浪的形状。某些地方有洞，可以看见上面走动的脚。灰土常常落下来，落了我们一头一书。楼上老师在讲台上讲课，我们能听见他讲的大部分内容，以至于若干年后我们升了初中，考试成绩出奇地好。

我大哥有两位同学，住在峡河很远的上游，翻过他们门前的山，就是河南地界。他们的方言带着浓浓的豫西口音，比如我们说"去哪里"，他们说"去哪"；他们管玉米不叫玉米，叫"番麦"。有一个星期天，他们背着菜和干粮到了学校，校长说："这个星期多放两天假，你们后天再来上学。"他们只得背着口袋往回走，走到我家门口，没有找见我大哥，就对我说："口袋放你家吧，太沉了，背不动了。"他俩一高一矮，一胖一瘦。我看见过他们没穿袜子的脚，经常从学校土楼的窟窿边走过。

我把口袋挂在墙上，到了晚上，灯光映着它们，于是我忍不住把它们取下来，偷偷打开，里面是萝卜腌菜和豆绿的苦荞糕。荞糕碧绿，比我见过的所有糕都绿出一大截，让人好奇。我看到口袋的底部有一些糕渣，那是翻山越岭中长时间磨蹭的结果，我捡起它们放进嘴里，没来得及细品，它们一下就化了。我心有不甘，再去底部找寻，已经没有了。我用手把口袋使劲儿揉捏了一阵儿，竟捻出了一小撮，放进嘴里，像一位美食家，细致品味着它们的成分和味道。

一九八九年秋天，修峡官跨省公路，从树叶黄修到大雪落。有一天，我们看见一个人躺在架子车上，被一床被子蒙着身子，架子车在未成形的公路上匆匆走过，车子上滴下一条细细的血线。有人说，是干活儿不小心，连人带石头从岩上摔了下来，一只手没了。

没了手的人，到底命大，失了很多血还是活了过来。后来，他用一只手，到山上割了很多石竹，编了很多筐，挑到河南去卖。编筐和卖筐，成为他后半辈子最主要的生活。

后来我到了矿山，再后来到了城市，与老家渐行渐远，把异乡作故乡。关于失手的人，我只记得他姓叶，单名一个俊字，以及十三岁那年，他的白布干粮袋里碧绿又青涩的苦荞糕。

二

关于苦荞，以及它们的故事，我知道的并不多，那些知道的，也没多大意思。苦荞连五谷都不是，只能算杂粮，与它相关的生活和岁月，大多不值一提。只有一个故事我一直记得，好多年过去，反倒越来越清晰。这不是关于植物苦荞的故事，而是关于一个女人的，她的名字叫苦荞。这个故事是一位远房亲戚讲给我的，那时候我还小，没有衣服穿，整个冬天围着火塘烤火，腿上满是火斑。那位远房亲戚也没有多余的衣服穿，他的破鞋子里塞满了保暖的玉米壳，臃肿肥大，像两只棒槌。整个冬天他大多时候都在我们家烤火，他有些老了，背不动东西了，家里柴火因而金贵。他讲了很多故事，讲完没两年就死了，而我开始上小学。我后来想，我们之所以发生交集，大概是因为他有满肚的故事要讲，我有童年的寂寞要打发。我们完成了各自的事，各自走各自的路。

女人苦荞生活的那个年代已经很久远了，大抵都过去一个世纪了。我没见过那个年代，它是什么样子、是冷是暖、是苦是乐，不是我能说清的。但她曾经生活的那个小镇还在，叫龙镇。虽然谁也没见过真龙，但峡河的很多人都去过龙镇，它逢三六九有集，每场集都车水马龙。在龙镇，赶集是人们生活中唯一快乐的事，也是最要紧的事。在那些破败的巷巷道道，水井旁、街树下，完成各种交易和彼此的相见。当然，不赶集日子也照常过，就是少了许多滋味，像饭碗里没有油盐。

而苦荞的故事，总的说来，和地里的苦荞也差不多，有花有果，有荣有枯。人一辈子和木啊、草啊，都差不多。

苦荞的家在镇子的最西边，背后是一座山，面前是一条河。山不高，也没有名气，满山都是树，树生得杂七杂八的，都是无用之材。只是河有些特别，它直直地穿过镇子边缘，温顺谦恭，在街西头突然拐了一个大弯，其实也不是河拐弯，是山势拐了个大弯。河到了拐弯处，呼天抢地，像一个女人被人不情不愿地领走了。

苦荞家开着客栈，是龙镇上唯一的客栈，叫龙尾客栈。龙镇虽然人口不多，客流量也不大，但它在两省三县交界处，地理上就有些特别，免不得有些出门做事的、无家可归的、劫人越货的人。五行八作的人第一个要求就是要吃要住。这世界上好像别的都可以没有，就是不能没有客栈，人人都是这世上的行客，客栈因此无处无时不在。苦荞出身乡下，嫁到龙镇，也算入了"龙门"。男人家算是小地方的大户，公公、丈夫都是有本事的人，除了在本镇开着客栈，在外面也有生意，经常五湖四海地跑。事情就出在这营生上，苦荞二十岁那年，公公出远门做生意，船翻在了长江里，水深浪急，再有钱、再有本事也没有用，他便做了水下的魂。

公公不在了，镇上的家业就剩下了婆婆、苦荞和一个还没成年的小叔子经营。三出三进的院子，开着一二十间客房、一个大堂厅和几间包厢，养着两匹骡子、三个伙计。苦荞便成了掌柜的。

外面的生意从此交由丈夫打理，家里剩下的人对外面的事一无所知，就是知道了也帮不上忙。开始的时候，丈夫一年回来两三次；慢慢地，就很少回来了；到后来，一年也不回来一回。外面的生意好做不好做，做大了还是做小了，苦荞也不清楚。最开始是不清楚外面的生意，慢慢地也开始不清楚外面的丈夫。有时做梦，梦见丈夫娶了小妾，生了儿育了女，一堂欢笑；有时梦见丈夫死了，尸骨停在大路边无人收殓。每回梦醒，苦荞都要摸摸空空的肚子、空空的床枕，叹一声气，或哭一阵子。

日子如行云流水，无声无息地来去。婆婆日日衰老，小叔子一天天成人，苦荞精心打理着客栈和日子，生活还算平静。

不平静的日子很快来了。有人拉起了一杆子队伍，在龙镇后面的山上安营扎寨，劫富济贫，呼啸山林。龙镇后面的山一直被叫作"后山"，像龙镇一样，平平常常，不名不灵。这杆子人占山为王后，觉得太没有存在感了，就给队伍起了个名字，叫"虎头营"，把后山改名为"虎头山"，意思是此山已有虎踞，看谁敢往虎山行。

队伍的头儿叫王宝，也算半个读书人。本来祖辈都是打铁的，铁打得久了，打出了些名气，也打出了些家业，到王宝十几岁时，家里人把他送到了河南南阳去读书。事情就坏在去南阳上，如果子承父业，一直把铁打下去，以王宝的聪明和体格，怎么也能成为一代名匠。这时候，日本人打到了武汉，武汉离南阳不远了，南阳人摩拳擦掌的、人心惶惶的、举家外逃的、趁机作乱的，什么都有。王宝觉得读书没啥用，读尽人间书，也是一介书生，自古无用就是书生，就回了龙镇，拉起一支队伍来，要干出一番轰轰烈烈的事业。那时候，兵荒马乱，刀兵四起，拉队伍的人很多。

王宝到底是读过书的人，知道怎么经营，队伍很快壮大了起来，发展到几十号人、几十杆枪。队伍打的旗号是"忠义救国"，但怎么忠义、怎么救国，王宝和队伍里的人好像很清楚，又好像很不清楚。但一大帮人，开门柴米油盐酱醋茶，吃喝就不是件小事，救自己变得比"救国"紧迫现实得多。他们除了出门接活儿，替人摆平私怨公恨之外，还在龙镇上开了好几家铺子，茶铺、盐铺、酒铺、铁匠铺，还在虎头山上种起了地。

一山不容二虎，镇上的官家当然容不下这支队伍，但因为知道自己不是对手，只能偶尔制造点儿摩擦，表面上井水不犯河水。龙镇上的人们，经常会看到一个有趣的情景：虎头营的人从街上威风凛凛地走过去，镇公所的人沿着街根灰头土脸地溜过去，实在避不及时，彼此不情不愿地打声招呼。

王宝和他的人也经常光顾龙尾客栈，也吃饭，也住店，也付钱。开始的时候，镇上的人还有些怕王宝和他的手下，毕竟是一群有刀有枪的人，慢慢地，就不怕了，知道他们兔子不吃窝边草。虎头营在当地人看来不像支队伍，但在外面是有些名声的，那名声是三刀六洞换来的。有一年，他们在方城替人平事，那一仗打的，真叫小儿不敢夜啼，对方百十号人，一仗下来死的死伤的伤，余下的作了鸟兽散，一个几十年虎踞龙盘的山寨从此树还给了树草还给了草。时不时地，有人骑着高头大马来拜访王宝，龙镇的人才知道，王宝和他的队伍真不是省油的灯盏。

有一天，王宝带着两个卫兵到龙尾客栈吃饭，酒过三巡，菜过五味，三个人都有了些醉意。一个卫兵去上厕所，老一阵儿不见回来，王宝听见后院有女人呼叫，就提着枪进了后院，看见自己的手下正在扒一个女人的裤子，女人正是店主苦荞，年轻的女人又惊慌又可怜又好看。王宝抬手给了那个人一枪，血从卫兵的肩上喷薄而出，溅了苦荞一身。苦荞惊叫一声，吓瘫在地。

过了几天，王宝带了大洋和点心来看望苦荞，给她压惊和道歉。苦荞没收东西，说："东西就不必了，要是真心道歉，就替我办一件事。"王宝说："啥事？没有我办不到的事。"苦荞说："帮我打听我家那口子的下落。"王宝犹豫了一下，这事可比杀人放火难多了，那毕竟不是自己地盘上的事，可面对一个女人，又怎能表现出无能？于是他回应说："放心，包在我身上。"

王宝派出两个人到了汉口，多方打听得到的消息是，那男人带着小女人和财产去了香港，做起了寓公。

对于龙镇的人来说，那真是一场前无古人后无来者的大戏啊，戏是龙尾客栈的苦荞包场的，剧团是南阳打头牌的剧团。大戏唱了三天三夜，几十里外的人都赶过来看戏、摆货摊，虎头营的人挎枪带刀维持秩序。兵荒马乱的龙镇，三天里一下繁华得堪比传说里的皇城。从来没有多少存在感的龙镇人，突然有了说不尽的存在感。

龙镇上的人们记得，那最后一出戏，唱的是《刘备哭灵》。唱刘备的是个女人，女人唱男人，就格外入戏，也格外伤情：

兄弟啊，

> 汉刘备泪号啕,
> 哭了声二弟三弟死得早。
> 从今后汉室江山何人来保?
> 剩为兄我有上梢来无有下梢。
> 当初咱三人三姓同结拜,
> 一心一意保当朝。
> …………

唱刘备的人,也到了当年刘备的年岁,世道动荡,民不聊生,多少人妻离子散、家破人亡,许是经得多了、看得多了,就格外懂得刘备、懂得世道,那一唱一作,让台下的唏嘘不断。她似乎还嫌不够,又接着撕心裂肺地唱:

> 哭了声二弟你死得早,
> 折断了擎天柱一条。
> 满营中三军齐挂孝,
> 白幡招展似雪飘。
> 白盔白甲白旗号,
> 银弓玉箭白翎毛。
> 文官们头戴三尺孝,

武将们身穿白战袍。

…………

三

一九四六年,龙镇外面的世界发生了很多大事,龙尾客栈也发生了很多事。

这一年,苦荞三十六岁了。三十六岁的女人,如开了的牡丹,好看又华贵。这一年秋天的某一天,好看又华贵的苦荞突然神秘失踪了。镇上的人找了十天,连个影子也没找到。有人说苦荞出远门寻丈夫去了,有人说被河水冲走了。确实,那几天穿龙镇而过的大河涨水了,天上下了好几天大雨。

六十多岁的婆婆接替苦荞,撑起了客栈的生意。一个享了大半辈子清福的人,开始操劳身外的事情。

这一年的冬天,苦荞的小叔子从外面带了一支队伍回来。在此之前,他先入军校,再从军,又提官。这时候他的上司们,有的带着家小和金银财宝逃去了南方,有的苦苦支撑着将倾的大厦。

小叔子要做的第一件事是，灭了虎头营，他说虎头营的人个个都是虎头蜂。虎头营此时已今非昔比，那一年应招在镇平和日本人打了一仗，损兵折将，元气大伤，从此走了下坡路。

打打停停，战事就拖到了第二年夏天。

双方在虎头山上激战了三天，一方攻，一方守。虎头营也算久经沙场，不是省油的灯盏，奈何有消无长，子弹很快打光了。打光了子弹的虎头营，一些人战死，一些人做了俘虏。王宝退到了最后的据点，顽抗到打完最后一颗子弹。

攻破最后据点的时刻，是黄昏。胜利的一方在堡前架起了机枪，堡内的人对外还了三枪，再也没有了声音。太阳快要落山了，残阳热烈，但没了力气。

打开堡门，屋子里整整齐齐干干净净，充满了日子和火药的气味。胜利的人看见，有两个人高高悬挂在大堂，一男一女，男的是王宝，女的是苦荞。男人和女人都穿得整整齐齐，王宝剃掉了胡子，苦荞在头上插了银簪，像一对新人。

小叔子骂了句"他娘的"，对着水缸开了三枪。

人们看见，虎头山边，一坡苦荞开得繁花似锦，有的粉红，有的淡白，夕阳给它们镀上了淡淡的金色。

缝衣记

一

昨晚,把柜子里的衣服翻出来,裤子、衬衣、棉衣、袜子、手套,一一再检视一遍。

过了重阳,就要正式入冬了。这些年,家里别的东西没有增长,衣服倒真的积累如山了。开缝的、冒线的、破损的、扯荒的、缺扣的,飞针走线,一直忙到凌晨两点。窗外寒气如织,被褥冷得像冰窖一样,一觉睡得却无比踏实。我心安处,是补旧如新。

我也记不清什么时候养成的这女人似的习惯,用爱人的话说,这是对女权的严重蔑视和抢夺。想起在矿山的那些年,几乎没有一天不缝补衣服。最气人的是工作服的裤裆,在操作爆破面的底眼时,一伏下身子它"刺啦"一声就开了,机器巨大的后坐力，不骑跨着按不住。机器的气腿提把儿的螺丝总是松动，我们就用铁丝捆扎着它，冒出的铁丝头像一只淘气的手，每次都那样准确无误一击得手。

那时裤裆的缝法有两种，一种是用粗线，就是米面袋子的缝口线，这种白色的尼龙线结实无比，结果常常是缝过的地方再不会开了，但衣服就在紧挨着的地方再开一道新口子，如此循环往复，最后裤裆被缝成了一张网。另一种方法是用细铁丝缝补，就是用起爆引线的电线，这是一种半铜半钢的线，又软又韧。这种缝法没什么技术含量，是个人都能操作，在矿山被广泛应用。缺点很多，比如伤内衣，比如洗衣服时很麻烦；但也有好处，起爆时电线若短一截，把它抽出来就能派上用场。被抽了线的裤子像一面舞动的旗，在下班的巷道中迎风招展。

不光是工作服容易破，其他的衣服也容易破。矿山地处僻远，来去困难，所有人都好像没有新衣服换，总在缝补衣服，哪怕口袋里揣着一万块工资。在秦岭矿山那些年，见的最多的是小百货商贩，挑着针头线脑的担子满山走。

我记得二〇一〇年以前，爆破工人们还没有戴防护手套的习惯，其实说白了，是为了省钱。如果谁有一双手套，那就是最大的奢侈品，上班下班都别在腰间。如果破了，就要绣花似的缝补，有的用一双旧的套补在新手套外面，耐用度大大增加。大部分抓杆的，都用空手抓杆，六棱的钻杆，在手心里拧不出火花，会拧出一手水泡，下了班，用热水焐透，挑破放了水，下一班再接着拧。抓杆三年抓成了师傅，再上来一个新抓杆的。爆破工作在循环往复中，老板日进斗金或一败涂地。

爆破作业，单机时两人一班，双机时三人一班，也有三机和多机作业的，但那样的情况很少，只有大型隧道作业才有。掌握机器的是师傅，扶杆帮闲的是徒弟，叫"抓杆的"，这词儿非常准确形象。就是开孔时，扶杆人抓起钻杆的钻头往岩石上认，这叫认孔。认孔是个眼头活儿，非常严格，远了近了都不行，远了爆不下来，近了要多打孔，浪费材料。抓杆不仅费手，还费衣服，抓不稳时要用身子去扛住。抓杆人特别费衣服，下了班，不仅补裤子，还要补上衣。

张小平跟着我抓了一年杆，也补了一年衣服。张小平的缝衣水平比他的抓杆水平要高得多。他抓杆也能抓准位置，就是稳不住钻头，如果是一字钻头，钻头会在岩石上走八字。我只能把风挡开到一挡，机头不停摆动位置，修正他的错误，可他还是抓不稳。幸运的是，他工作在可以随便戴工作手套的后爆破时代，每班消耗一双手套。

工作面的岩石凸凹不平，但爆破是科学，孔位只认死理，没办法，张小平就用肩去扛，用身子去顶。这样做其实极其危险，六棱的钻杆有极强的抓着力。他的衣服常常被卷在杆上，或被撕下一片来。

张小平有一个针线袋子，就是人说的荷包。荷包有些年头了，五彩丝线绣着一对少年，像是在折荷花，花塘万顷，池水泛起涟漪。我猜这个针线袋一定有一个故事，当然不大可能与张小平有关，它应该是一个老物件。张小平的衣服破得快，缝得也快，下了班，大家打牌、喝酒，他就缝衣服。他有两套工作服，换着穿，也换着缝。他在袖口上缝了一圈民国大帅服一般的玩意儿，特别厚，也特别结实。那里是最容易磨损的地方。他也常给我缝衣服，有一回在屁股上绣了一幅太极图，两条鱼都是黑色的，像在游动，被我骂了一顿。不是嫌不好，是针线活儿太好了，但那是时间，是心思。

并不是人生下来就会做针线活儿的，特别是男人。张小平说，他这门手艺，是在河南矿山练出来的。有一天晚上，大家喝了酒，酒是"老村长"。那时候矿山流行喝"老村长"，便宜、劲儿足。

他借着酒力给我们讲了一个故事，相似的故事我听说过，但从没有见过这种活儿。他说的是掏矿。

山高的地方，天晴得稳了，也没有风，月光就显得特别亮、特别清，像被纱布滤过了。

我们躺在床上,酒劲儿上了头,大家都有些兴奋。张小平娓娓说起那段时光。

二

那一年,我二叔在灵宝金矿包了一个洞口。可能是开采时间太长了,洞里早已千疮百孔,连主巷道的地板也被挖得无处下脚,人进进出出像走夜路。我二叔包的活儿之一是掏矿,就是在垮塌的采场乱石堆下寻找矿石。这个活儿有点儿像在乱河滩里捉鱼,有没有鱼,鱼大鱼小,要靠运气。那时候开空了的洞子都在掏矿,也有挣了大钱的。我二叔从老家找来了一帮人,有男有女,有老有少,因为女人和少年人工价便宜。我们从山下集市上买了五百个编织袋、锅碗瓢盆、被褥粮油,在洞里选了个宽敞的住处之后就开始掏。

大家掏了一个月,掏了三个采场都没有掏到一疙瘩矿。谁也不知道哪个采场有矿,哪个采场的矿有价值，就是盲掏。第四个采场掏到一半，终于见了矿石。二叔拿了一块出来，用锤子敲碎了，放到一只碗里，用酒瓶子反复碾压。当用水淘去石末之后，碗底清水里一溜细小的金末儿显了出来。这是我第一次见到真正的金子，玉米色的浅黄，不发光，有重量，并不随水波动荡。我一下记住了它的颜色，后来到过很多矿洞，见到过不少颗粒金属，分不清真伪时，我就用心里记住的颜色去对比，没有一次错的。

我们住在一个水坑边，是一个采废了的下采坑，不知道有多深。用手电照射，上面是绿的，下面是黑洞洞的，像黑夜。不见阳光的水和见阳光的水不一样，到底哪里不一样，我也说不出来，只有你见过了才会知道那种奇怪的感觉。在一条废巷道的尽头，石壁上有一个孔，是爆破失败后的残孔，水从那里一年四季不断往这边流，所以水坑总是满泱泱的。我们吃坑里的水，也用它洗衣服、洗澡。二叔说水坑下面还有好矿，我们要在这里干三年，三年结束，我们都发财了，回家盖楼。

干活儿的采场离得也不远，有一百来米，饭菜熟了，我们在石堆下的缝隙里能闻到香味，矿洞里的饭菜香味比什么都强势。我们叫它四号采场，其实叫得也没什么道理，只是它正好是我们掏到的第四个采场，另外，也方便定位，比如有人问，谁谁哪儿去了，回答的人说在四号采场，就知道那个人在哪里，免得担心。四号采场是一个大采场，占地有三四亩，人站在这一头，看那一头的人，特别小，特别不真实，像电影里的镜头。后来好多年，我再也没见过那么大的采场。一般来说，只有大采场才有好矿石，没有好矿石，当时的工人也不会开采到那么大。

天板都垮下来了，就没有了天板，半间房子大的石头堆在采场上，堆成了一座乱石山，数不清的大大小小的石头支撑着这些大石头。用矿灯往上照，什么也看不清，挺吓人，不知道有多高。我二叔告诉大家，没事，天板不会再垮了。开始的时候，大家都怕，慢慢地，都不怕了，因为再也没见有石头掉下来，确实是垮到顶了。

大石头动不了，就把小石头掏掉，沿着一个方向，一块块石头掏掉了，就形成了一个洞，渐渐成了一条小隧道。小隧道曲里拐弯，只能一个人爬着进出，人像老鼠似的。我们在乱石堆下掏出了好多条小隧道，像电影《地道战》，我们在其中神出鬼没。大石头也不稳当，有时候也会动，一动，挺吓人，像地震似的，有时牵动一大片，就有石头把洞道堵住了，只得再掏出另一条路来。也有正干活儿时，道上的石头动了，把人卡在前面，这时候要大家齐心协力把他掏出来。矿石的来源一般有两个：一个是天板上当时没采干净的矿石，采场天板塌了，带了下来；另一个是当时正干活儿，天板突然塌了，埋了一采场的矿石。第二种情况少，但碰到了能挣大钱。掏矿人赌的就是这个。

这个活儿特别伤衣服，上衣、裤子都费，鞋子也费，一身迷彩服十天就破了，下班了就是缝衣服。我们一般两个月出洞一趟，买身衣服也难。有好些人不会缝，就交给菜花缝，菜花是给我们做饭的，她不上采场。菜花是云南人，也是唯一的外省人，好在云南跟我们的地界挨着，语言都听得懂。

有一天吃饭时，二叔说："菜花，你干脆就帮大伙儿缝衣服算了，大家一天下来都挺累的，工资给你再添两百块。"他又对我们说："大家好好干，我把工作服上勤点儿。"

三

除了掏矿，另一条线也在同时展开——采矿。那个地方离我们驻地有些远，也是二叔包的活儿，且是主战场，所以采矿的人也跟我们一块儿吃饭、住宿。他们破了的衣服也由菜花缝补。我一直不知道他们是哪里的人，人是讲地片的，哪怕吃住在一起，也很难相融成一片。他们喜欢面食，一笼馒头能吃三天不改样，一手拿着一个馒头，一手拿着一个洋葱，左一口，右一口，香得不得了。虽然菜花的活儿比较简单，但其实她每天也是很忙的。

我们最害怕的是他们爆破的那一刻，地动山摇的一阵炮声，传导到我们掏矿的地方，乱石山就会一阵震颤，而且，他们的爆破极没有规律。到这个时候，我才知道，岩石不但能传导声音，还能传导震动。为了防止小洞道被震塌，我们每进一步都要做好扎实的支护，这样一来，进度更缓慢了。

他们机器用的也是下采坑的水，一台高压泵，一天到晚嗒嗒嗒地抽水，而水坑的水没见少一点儿，可想那水坑有多深。绿汪汪的水坑，每次见了更加让我心惊胆战。

他们里面的一个人喜欢上了菜花，下了班，爱往菜花身边凑，帮着洗菜，或者捅煤火炉子。菜花有时搭理一下，有时不搭理。我们都看出来了，菜花不会看不出来。二叔看在眼里，装着没看见一样，毕竟，他要掌握一种平衡，何况别人的事，往好往坏，也没到干涉的时候。有一回，我下班早，看见菜花往煤灶里塞了一张字条，字条瞬间成了纸灰，在炉头上飘起来，飞走了。

掏矿，也不是掏到的所有矿石都能要，要看品位，金多少、银多少、铜多少、铅多少，综合起来计算价值，所以二叔不能总在矿上，他要三天两头拿矿石样品下山化验。我去化验过一次，很复杂的工序，化验工先把矿样称了重，用粉碎机打碎，除湿，添加各种化学药品，硫酸烧煮，显微镜下观察，分析，最后得出含量数据。山下小镇上到处是矿样化验室，竞争也很激烈，听说生意好的化验室，一年能收好几吨矿石，只此一项收入就发财了。二叔有次下山前，悄悄对我们几个说，晚上别睡太死，护着点儿菜花。

那一晚睡得正香时，我听到外面响了一声，也不知道是什么声音，是从菜花房间那边传过来的，接着好像又有脚步声从帐篷外面传了过来，很快消失得无影无踪，一切又归于平静。矿洞的静，是比死亡还要静的静，那脚步声能听出是男人的，跨度大，步子急，有些慌张。第二天早饭时，大家看见一条砍在厨房门柱上的刀痕。

菜花还像平时一样做饭、补衣，在房间一声不吭地待着，像什么事也没发生一样。也许，根本就没有发生什么事，是我们产生了错觉。不过，她的蒸馒头手艺精进了不少，蒸出的馒头，在笼屉里像一笼白云。

四

时间到了八月，其实也不知道是几月。在矿洞里，没有天黑天亮，也没有时间，更没有人关心时间，早和晚一个样，这月和那月一个样。每次出洞下山去，要戴一天墨镜，不然眼睛受不了，阳光一刺，眼泪哗哗地流。有一天二叔问，大家喜欢吃啥月饼。我们才知道季节到八月了。

五百个袋子装得差不多了，矿袋围着我们的住处码了一圈，直垒到天花板，让人凭添了一种说不出的安全踏实感。二叔准备到了十月就把这些矿石拉到山下碾坊里提炼金子。二叔说："十月的水不冷不热、不快不慢，出金最好，到时把工资给你们结干净。"我一直以为水就是水，一年四季没有啥区别，听二叔一说，才知道水有这么大的学问。二叔真是个厉害的人。我们的运气特别好，其实是我二叔运气特别好，我们掏到了一窝好矿。就是在大石堆的中间部位，我们打通了四条小隧道通向那里，四面出矿，效率很高。至于那堆矿石的来历，那是一个谜，谜底得问早先的主人，那又是另一个谜。有时想想，人活一生，就是个留谜猜谜的过程，留谜，猜谜，谁也猜不完、猜不准。

我特别不喜欢菜花，她常常令我想到老家山上的菜花蛇，又冰冷又神秘，对谁都好，对谁都防着。看不出来她有多大，像二十多岁又像三十多岁。有一次晚上我睡不着，听见一个女人和另一个女人说悄悄话，说菜花是逃婚出来的，欠了男方家好多钱，不敢回去。我猜这话也不一定是真的，女人的想象力比男人丰富，没有的事也能想象得有头有尾。不过菜花每天心事重重倒是真的，像谁欠了她十条命似的。

菜花做出的菜很不好吃，不是不熟就是太熟，不是不咸就是太咸，总之难以下咽。不过，她的缝补手艺是真的好，不仅好看，更重要的是结实，衣服硬是从别的地方破，再不会在缝补过的地方出问题，这在一定程度上抵消了她厨艺的不足。她用的是一种特制的丝线，五彩缤纷，这种丝线不是从山下集市上买的，是她从老家带来的。她用的针脚也很特别，复式的，往前走一针，再后退半针，像一行整齐的蚂蚁，头和脚衔接得天衣无缝。我仔细研究过，好像在哪里见过这种针法。我姑姑开过裁缝店，给人手缝西服领口，但它们有区别。我说不清楚它的奇妙，但很快也学会了。学会了，我就自己缝，不知道为啥，我不想让她缝。

我们有洗澡的习惯，几天不洗就难受，掏矿的活儿特别脏人，得一天一洗。二叔给男人女人各弄了个洗澡房，就是彩条布围起来的那种，上面吊一个插电的热水袋子。女人洗澡也不避人，开着灯，彩条布上映出她们好看或难看的身形。水太热或太冷时，她们会大声骂人，夸张地大叫。

有人说菜花从不洗澡，是个脏人。菜花住一个单间，她是炊事员，有这个特权，谁也没有进过她的房间，连二叔也不能。里面都有什么，没有人知道。菜花除了做饭，剩下的时间都在自己房间里待着，她的房间和厨房紧挨着。大家把要补的衣服挂到厨房门口的钉子上，喊一声，菜花，把衣服补下哟。里面会应一声，知道啦！

这一天，发生了一件事情，这事不大也不小。在别的矿洞，这是常有的事，但在我们洞，这是第一次——有人被卡住了。说起来有些怪，前一天晚上，我们听到老鼠在厨房打架，是打群架，它们掀翻了米袋子，碰倒了油壶，把菜刀打落到地上。第二天上班后不大一阵子，老李就被卡在了矿道里。矿道很窄，只能趴着进出，有人习惯向前爬，有人喜欢退着，手里拖着或推着矿袋子，反正最终都能出去。老李推着一袋矿石往外爬，推得有些猛，矿袋子碰到了墙壁，石壁上一块石头落了下来。没有了支撑的大块石头下来了，卡住了老李的腰，他进不得，也退不得。

里面的人迂回到老李身后，拽住脚往里拖，老李只有一声声惨叫；外面的人抓住老李的胳膊往外拖，也只有惨叫声。老李精瘦，腰很细，腰细的好处是没有被卡死，坏处是禁不住拖拽。大家急出一头汗，怕上面的石头再往下压。大家都在想办法，都想不出办法。二叔喊：菜花，快出去给老子拿千斤顶！二叔的千斤顶在洞口的车上。

千斤顶拿回来了，石头咯咯吱吱被顶起来，老李咯咯吱吱一寸一下被拽出来，被拽得一丝不挂，屁股蛋上划出一个大口子。口子汪汪冒血，往上面浇了半瓶酒，止不住，又浇了一泡热尿，终于止住了。

半月后，我和老李从山下镇上医院回来，菜花不见了。大伙儿说，菜花被公安带走了，一起被带走的还有二叔，要他去讲清楚。谁也不知道菜花出的是什么事，只听人说她那天出去拿千斤顶，被人看到了，认出了。大家第一次进到菜花的房间，里面干干净净的，什么也没有，像随时准备走掉一样。有一个洗澡盆在床下边，床头有一把明晃晃的菜刀，一只荷包里塞满了针头线脑。

三天后,二叔回来了,带回了一个新炊事员。二叔说:"没事,大家该怎么干还怎么干,我去金店问了,金价三百了,再干半月就碾矿。"我们又天天照旧,只是再没有人帮忙缝补衣服。

碾完矿的那天,我们大喝了一场。大家都喝醉了。最后,我们去KTV唱歌,大家唱得驴欢马叫,好听就好听得很,难听能难听死人。这个小镇很大,号称"神州第一镇",热闹异常,歌厅和金店是主打,一条街就有好几家。躺在沙发上,二叔大着舌头告诉大家,菜花是个杀人犯,她被人卖到山里,有一天夜里,她用剪刀剪掉了男人下边的东西。二叔再喝一口酒,说:"他娘的,欠菜花的半年工资可咋办?"

五

张小平离开的时候是六月,我提着他的行李送他。他把被子和油渍不堪的工作服都扔掉了,只带了一个行李箱和一个随身小包。

六月是南疆真正意义上夏天的开始，此前的季节称为冬天也行，称为春天也行，它们的气温和景色没有什么区别。这时叶尔羌河刚刚涨水，积雪初化，大地像老事业重焕青春，又像新事业开张。当然，人间所有的气象都是在开业和歇业的轮转里变换、接续，流水又岂能例外？我听见杨树林里有一只羊羔在喊妈妈，奶声奶气，吐字清晰。它的妈妈刚刚被冰冷的叶尔羌河水卷走了。

张小平的左手不能再提重物，我把行李交到他的右手上，他的右手立即承受了双倍的重力，身子歪斜了一下。他的左手不太可能再抓杆了，也不能再缝衣服了，它少了两根关键的指头。我们把一条巷道送到了三千米远，没见到一块矿石。张小平走后，剩下的人还要接着送，其实我知道，送也白送，不过是把老板的千万资产和我们一点儿也不宝贵的时光送掉。

张小平是贵州人，那个地方离六盘水不远，四季清凉，到了夏天四面八方的人接踵而来，但穷。干矿山的人，家乡里都穷，不穷就不会干矿山了。对于一些人来说，穷有时候仿佛是替他们完成了生活和命运的分配，维持着有些残酷的平衡。张小平有一个姐姐叫朵。若干年后，她给我打过几回电话，聊的是关于张小平糟透了的生活。张小平糟透了的生活，是与他的残手相匹配的生活。当时我记住了一些细节，比如他在牌桌上，凭借一个镀铬打火机的表面反光,可以判断出对手手里纸牌的花色,但那些不久就忘了。无论是别人的生活,还是自己的生活,忘掉都比记住好。

有一回朵在电话里说:"如果有机会来看我弟弟,我给你杀鸡吃。"电话里,有一只鸡正好叫了一声,引起了一片鸡的跟随,但都没有它高亢、明亮。它的声线饱满又光滑,边沿没有一点儿毛刺。我猜想它一定是站在一根篱笆的竹尖上,难得的阳光,为它和院子里慢于人间的生活镀上了一层淡淡金色。

骑摩托车的人

一

我已经骑了二十八年摩托车了,从第一辆算起来,前后共骑坏了五辆。如果说骑车人群也是一个江湖,那真是一个奇妙的江湖,又深又大的江湖。几十年里,听说过、见证过多少人,有多少有趣或无趣的故事啊。

我骑的第一辆摩托车是南方125,两冲程,颜色接近火红。骑行在路上,屁股后拖着一串蓝色的烟雾,像喷气式飞机一样。我家老屋子的房顶上空有一道航线,据说是西安至上海的航道,经常可以看到喷气式飞机从瓦蓝瓦蓝的天空飞过,屁股后的烟呈一道白线,先笔直,后扩散,如一支板刷,一路刷去天空多余的色彩,最后又泯灭于天空,吸引得大人们举目眺望,孩子们欢呼雀跃。我常常揣想,如果飞机上的人能看到地上的情景,该有多么幸福骄傲啊。我骑上车，在土路上飞驰，拖一溜蓝烟和黄尘，常常有在天空飞行的骄傲感。的确，那时候峡河还很少有摩托车，连拖拉机也只有两台手扶式的。我每每沿峡河边的蜿蜒公路飞驰而过，沿途干活儿的人会注目好久，直到人车消失在拐弯处或土路尽头。

二十世纪九十年代初，大家都没有钱，我家更没有。那时我高中毕业才回家不久，裤子上补着补丁。镇上还没有摩托车店，只在县城里有一家。老板是全县最大的富豪，听说后来钱挣得太多了，带着女伴去了南亚某国。我记得很清楚，南方125当时售价六千五百块。这是一个天文数字，它只存在于中学学过的数学里，日常生活里几乎没有一件事能跟这个数字产生关系，它比天上的飞机还要遥远，不可企及。我能得到一辆梦里也不敢奢望的摩托车，完全是意料之外的事。

我家房子的山坡后面是另一些山，它们像波浪一样，一波一波铺排到很远。那里的人们和我们过着相同的日子，刀耕火种，晨起暮歇，唯一不同的是，他们离河南更近，翻过山就是一个叫兰草的老镇。老镇很小也很老，但集市一直很红火，各种山货在这里进出，自来就是一方物资特产集散地。有一个叫栓子的年轻人，收购了香菇，拿到兰草贩卖，几年下来挣了不少钱。为了方便，他买了一辆摩托车，用来载人驮货。他有一个女朋友，小家碧玉，有一双仿佛受了很深伤害的眼睛。女朋友怀孕了，家里要求必须打掉。栓子不想打掉，准备举家逃跑。本来这样的事在那时候比比皆是，但他计划逃往西北，并打算不再回来，这就需要贱卖家产。我以两千六百块得到了他的摩托车，并没有过多讨价还价，它的主人已没有底气选择。我去银行贷了款，利息加本金一直还到十年后。

有了摩托车，也不敢随便骑，因为加不起油，虽然那时候电视里天天喊"加油"，虽然那时候每升汽油只要两块多钱。那时候，村子里的人们经常被组织起来修地、修路，建设美好家园。大家管这种劳动叫"出公差"，一年有两季公差，春一季、冬一季，如果遭了灾，再临时加场。其实也没有那么多的地和路要修，就是不断变着花样闹腾，像开玩笑似的。为什么会这样？我们也不懂，能做的就只剩服从。工地一般离家都很远，来来去去，摩托车正好派上了用场，那是最重要的用场，没有之一。

到这时候，很多人已经上矿山打工，图方便，就骑着摩托车来去。一个冬天，在朱阳镇的一座矿山上，我们几个人接到通知，回家参加"冬季造田会战"。通知措辞很紧急，我们不敢怠慢，向老板请了长假往回赶。在矿上的寄车场，我们解开轮子上的锁链，拿掉车身上的防雨物，充气，加油。因为停放得太久,有几辆车已经生了锈,有的死活发动不起来,费了好大劲儿。我们在几千米深处出生入死的时间里,这些车子也在经历风吹雨打,不同的是一动与一静,相同的是都在自己的时光里一天天老去,青春一点点消散。

翻越大关岭时,天已经快擦黑儿了。夕阳的余晖一半洒在河南,一半洒在陕西。

虽然是初冬,但空气还不是太冷。我们看见大片的野棉花,从两边的坡底铺排上来,像我们一样在岭上骤会、小歇。岭上风大,树木稀疏,只有野棉花壮观,白得无边无际。它们一年年开,一年年败,看着数不清的人从岭上走过,回家或去往他乡,赴死或者赴生。我们抽了烟,喝了水,歇过劲儿来,继续跨上车往回赶。这时候已经有了四冲程摩托车,它们花样更好看,价钱更贵,但数我的南方125最有力气,速度最快。它打头阵,像一匹火龙驹,瓦蓝的烟像一条绳子,牵连着一支轰鸣飞奔的队伍。

这些摩托车里,有钱江、嘉陵、天马、宗申、力帆……它们的主人叫锁子、老黑、狗欢、有财……若干年后,这些车子都变成了废铁,它们的主人星散天涯,行踪成谜。

二〇〇〇年的冬天,我的南方125派上了它一生里最大的用场,它被指派用来驮运水泥和沙子。工地到公路还有一段不能算路的路程，它一遍遍地在公路至工地间往返，身后拖一溜蓝烟，直到年关的大雪铺天盖地落下来。

二

潼关李家金矿，那时候好像是整个潼关县最大的金矿，有好几个矿口，占据着最好的位置。具体几个忘了，我一直记性不太好。现在想起来，也不是记性不好，是压根儿没有机会弄清楚这件事。现在说起来，几个洞口与我有什么关系呢，可在当时与我是有关系的。就像一个上了战场的人，需要了解战场、掌握敌情，我们要知道哪个洞口有多深，活儿好干还是难干，工资好不好结。知彼知己，才不至于最后落得两手空空。

那个冬天，天特别寒冷，似乎全世界的所有冷气都凝聚在了这里，这个叫万米水洞的坑口。这寒冷一部分来自风陵渡的黄河，一部分来自高耸的华山。河风与山风交集，成就的是雪，成就的是冰。我们一群人上班下班，骑着摩托车像群狼一样，在寒冷里奔突、出没。

矿洞很标准，这是我看到过的最牛的矿洞，两米宽，两米高,彰显着它的辉煌与霸气。巷道笔直得像一条射线,没有尽头地指向山体深处。各个巷道渗出的水在主巷道汇聚,形成一条有些壮观的流水。它们洞内为水,洞外成冰,渣堆下延伸而出的冰瀑要到第二年春天才能融化。矿已开采到了尾期,原来洞里的通勤车早已弃用,这时候摩托车成了工人上下班通行的主打工具。车队轰轰烈烈,仿佛另一条更加壮观的流水,不舍昼夜。

小小是湖南人,来自湘西,他的家乡有很多锑矿,一代又一代人半农半工,他顺理成章地成长为一名爆破工。因为同班,我俩共骑一辆银钢太子150。它来自太要镇一家二手摩托车店,店主说它的前主人是一个老板,今非昔比,鸟枪换炮,说它一定会给我们带来成功。我们当然不会相信这样的忽悠,也不敢梦想成功,图的是它的皮实和便宜。我们的工作面在洞子的八千米处,路途迢迢,非车子难以抵达。

那天,我从豫灵镇风尘仆仆地赶过来,在太要街上徘徊,碰到了小小。他在一家小馆子里吃饭,带着他的女朋友莺子,一双人点了好几个菜,打情骂俏,兴高采烈。饭店里人满为患,没有一张空闲的桌凳。我点了一碗饺子,左看右看,无处落座,求他俩让让。莺子杏眼瞪我一阵,说就坐边上吧。接下来的事情是,吃完了饺子,我又吃上了他们的菜,喝上了他们的酒,不是因为别的，因为我说出了我的职业和困难。

顺理成章地，我成了小小的搭档。

我俩的工作是采矿，就是把矿石从矿带上爆破下来，由另一群工人运出去，送到选厂，变成金子。采矿，轻描淡写的两个字，听起来和采花差不多，其实非常有难度。矿带差不多八十度角，几乎要垂直起来，每工作一次，除了打孔爆破，都要架起和拆掉一次梯子。我俩常常站在梯子顶上一边操作机器一边往下看，看见工人像幽灵一样在巷道出出进进，头灯闪烁，他们对头顶的人和机器声无比好奇或不屑一顾。

我个子高，小小个子矮；我笨拙，他灵巧。这优劣不仅体现在工作中，也体现在骑车上。小小有湘西人的特点，好肉好酒，喝多了酒喜欢开着摩托车狂奔。他醉生梦死地上班，车一般由他来开；无精打采地下班，车还是由他来开。他曾在风驰电掣中说："骑上摩托车真好，啥事都忘了。"我坐在后座上，如腾云驾雾，我说："你忘吧，就是别把手上开车这事忘了。"他说："暂时还不能忘，到该忘的时候再忘。"

莺子在山下开着一家旅馆，不很正经的那种。她隔三岔五上山来看小小，但不让小小下山去看她，说会影响生意。她比小小大好几岁，对小小像对宝贝一样。那个时候，矿山下面到处开着这样没名堂的旅馆，差不多都是做这样见不得人的生意。小小说莺子的生意做得很大，有四五个服务员，她不接生意，只让员工接，人手忙不过来也不接，莺子是个干净的女人。我问他咋知道的，他说莺子对他说的。我在心里说，这事鬼才相信。

我们的空压机架设在六千米处，除非坏了，否则它二十四小时从不停息，八颗缸头产生的热浪让方圆五十米如沐夏风。工人下了班会在这里聚一会儿，洗澡和换衣服。摩托车在这里排出长长两行，新新旧旧，大大小小。我们抽烟，喝水，聊天聊地。聊得久了，知道了每一个人都有故事，每一辆摩托车都有传奇。

当然，摩托车的故事也是人的故事，只是它们更丰富。摩托车很少从一而终，有多少主人就有多少故事，它背负的故事比它消耗的汽油还多。

铁打的洞口流水的工人，老工人不干了，会把车子卖给或送给新的工人，有的摩托车已换了五六个主人。我看见一辆车子，油箱上贴着一张符，听说它的主人死伤过好几个，大家觉得它很不吉利，避之不及，但它确实是一辆优秀的车子，跑起来速度无与伦比。它现在的主人是一个青年，一脸稚气。这辆摩托车每天载着他，上演新的故事。

三

不知不觉，就到腊八了。早上下山去办事，看到街上和村子里到处在杀猪，年货摊子也摆起来了。

矿带采到了五十米高，采到尾期的矿带越来越窄，跟进的空间仅可盈身，我们每天像肉片一样夹在两壁岩石之间。小小问我："怕是快和山坡透了。"我说："早得很呢。"小小说："我盼着快透，透了就可以换采场了，这活儿太玩命了。"我说："哪有那么容易换的，你看不出来矿石品位越来越高吗？"小小说："再高跟我们有啥关系。"我说："说不定也会有关系。"

腊八晚班，我们想着赶快下班，回去吃红烧肉，早上祭洞神时，老板上了半头猪。打到第十个孔，计划下班。钻杆进去一半，这时候，我们真的和矿石发生了关系，钻孔里流出了细细的金末，我们碰上了金带。钻孔里的水顺着转动的钻杆往下流，像屋檐水一样，从我的安全帽上浇下来，有一些流进了我的脖子里，有一些流进了我的嘴里。我尝到了一股味道，说不清的味道，有铁锈的腥味，还有火药味，它与以往的味道似相同，又似不同。在识别金子真伪时，收金人会用舌头舔一下金子，我也舔过金子，它和现在嘴里的味道差不多。我抬起头看，看见了水流里细小的东西。我对小小说，我们发财了！

炮响过，浓烟滚滚里，我俩上了采场。爆碎的矿石里，星星一样的细小东西，星星点点，若有若无，但我们还是看得很清楚，这是我们的特殊本领之一，常年在黑暗里练出来的火眼金睛。我俩打开水管，用安全帽作淘金船，摇出矿渣里细细的金沙，收集起来。

我用灯光照了照头顶的矿带，希望发现更大的收获。才爆破过的矿茬有一种新鲜感，一尘不染。没有发现金带，一切如昨。运气像流星，一闪而逝，被我们碰巧碰上了。

那天的班下得很晚。出洞口，我们看见天上一弯弦月，光亮不明，只有形状。黄河那边的芮城，灯火热烈，映红半边天空。华山和它的伙伴们，在天光下像画上去的，线条峥嵘。小小对老板说，机器坏了，干得不顺。老板说，快去吃饭吧，肉在锅里。

腊月初九，我俩请假一天，骑上摩托车，带着金沙去山下大炼金子。在摩托车上，小小说，这下莺子可以解放了。

在峪口，下车找厕所时，我转头看见小小跨在摩托车上不敢下来，他不时东张西望，像个特务，看得出他很紧张。我知道他为什么紧张，一辈子的好事情就要来了，近到伸手可握。我不紧张，也不着急。从金沙到金子，不过是以小时计的事情，街上、村里，到处是炼金的大小作坊。

我买了一袋苹果，又大又红又便宜。潼关塬上的苹果，比起任何著名产地的苹果都不逊色。在往车子边走时，我看见一辆装着选矿尾泥的卡车像旋风一样从山路上下来，车头在小小的摩托车后面拱了一下，小小从摩托车上像纸人一样飘起来，落在远远的垃圾堆上。同时，卡车也侧翻了，满满一车砂浆像大水一样向着变形的摩托车当头浇下，瞬间吞没了它。

小小从垃圾堆上灰头土脸地爬起来，还好没受伤，只是变成了脏人。他哭丧着脸对我说，摩托车没有了。我才想起来，金沙就装在摩托车的塑料后备箱里。

我说不要紧，人在，比什么都强。我掏出一个苹果递到他手里，说，我们吃苹果。

我咬了一口，苹果真甜，甜得比它宝石红的颜色还夸张浓烈。浓稠的汁水顺着手指像止不住的眼泪一样，一颗一颗滴下来。

我俩看见一个女人从一条胡同里出来，上了一个光头男人的车子，车子是一辆宝马，扬长而去。不知道她有没有看见我们。她是莺子。

三

日子像天上的星月，明了，灭了，走了，来了。一天一天，一年一年，好像一样，又好像不一样。

茯苓记

一

峡河这地方，一直有种茯苓的习俗。种茯苓这事，也不是多么挣钱，山坡上烧火，主打一个取材方便。一河两沿的山上，松树野火烧不尽，风雨催又生，强势得斧头都得退避三舍。

现在采用的方法当然是人工种植了，又科学又高产。山上砍来松树，截了段，刮了皮，晾晒到半干，和茯苓种子一起成片地埋在地里，三四月份入土，七八月间采收。而在更早之前，茯苓是野生的。家家户户的油盐酱醋茶，孩子的学费，看病穿衣，礼来情往，差不多都靠采茯苓的收入。

每年夏尽秋至时节，正好采挖茯苓。大人和孩子背着篓，扛起锄，上山找茯苓。茯苓抱着松树的根系生长，深埋土里，并不容易找到，经验和运气就很重要。一般来说，年轻有朝气的树不会长茯苓，只有那种苍老的、病恹恹的松树才生。但正常的松树，哪怕活了一百年也不会显苍老，得找那种生了病虫害的，树干上被啄木鸟啄出大小一串窟窿的那种。盲挖有时也会挖到，但总是事倍功半，甚至白费力气。通常得看地上的土有没有被拱起的样子，茯苓个头大，生长快，会把地皮拱起一个包来。如果树下的土有包，又有开裂，那准有一窝大家伙。茯苓的强大之处在于，今年采过了，明年还有，代代不息，和这个世界上的人类差不多，死死生生，兴亡荣枯，没有穷尽时。

山上松树林广阔，采挖的人也多，这个季节是最热闹的时候。有的人似乎不为采茯苓，就为赶个热闹、显示存在感，打发身上的寂寞。东山和西山，北坡与南坡，隔着一条沟一道河，远远地打情骂俏、呼朋引伴，招呼一起抽烟、吃干粮喝水，说天道地，从早至晚不息。

孝歌是孝堂上的歌，也叫亡歌，不能乱唱，不吉利，但到了荒天野地，就可以打破规矩，不那么讲究了。采茯苓的时候，天远地大，孝歌随便唱。对于喜欢唱歌的人来说，歌就是日子，日子也是歌，歌就是命，命就是歌，苦也唱，喜也唱，愁也唱，乐也唱，没有什么能把人和歌分开。我最爱听的，还是《英台闹五更》：

一更英台怨梁兄，

当初结拜路途中，

去在南学把书攻。

梁兄待奴恩情重，

奴待梁兄一场空，

越南北来越西东。

此事荒谬韵胡钟，

十八王子斗临潼，

人争闲气一场空。

一更还好，才入境，唱歌的人还能控制得住自己。到了二更，不由悲从中来，整个人就完全陷进去了：

二更英台怨爹娘，

奴怨爹娘无主张，

不该把奴许马郎。

梁兄待奴恩情广，

奴待梁兄无下场，

窦燕山来有义方，

教五子来名俱扬，

> 孟姜女来送衣裳,
> 留下贤名美名扬。

前边有人开了头,后边会有人自动接上去,有时是男人接,有时是女人接。男人和女人不是英台的声,和英台隔着百年千年、千里万里,却都被英台附了身:

> 五更英台怨青天,
> 奴怨青天瞎了眼,
> 不该拆散奴姻缘。
> 梁兄待奴恩情远,
> 奴待梁兄有愧疚,
> 光武兴来为东汉,
> 四百余年忠于现,
> 得行延淹敏子千,
> 夫子门前结善缘。

悠远、苍凉、高亢又舒婉的调子,极富感染力、穿透力。它们在山林间传远、回荡、消散,又似永远都在。歌者和听者有时是英台,有时是自己,有时是别人;有时死去,有时活来。

父亲有好几本孝歌歌本，正像词里唱的，"红笔抄来朱笔描"。有些是他的创作，有些抄自前辈或同好。他一直对现代戏剧颇有微词，说样板戏之后再无戏剧，意思当然是说没有创新和创造。他不明白的是，艺术来源于生活，来源于人生，我们处在一个什么都有，就是没有生与活、没有人生疼痒的时代。

父亲在要离开的某个时候，把这些歌本打包藏在了墙洞里，以示与这个世界全方位告别。二〇一八年农村搬迁，老屋拆除还田，这些歌本被挖了出来，但都被虫子糟蹋得差不多了。那些日常的悲悲喜喜，那些生活与命运，那些遥远的历史与传说，都已无从辨认了。

二

种时容易卖时难，说的是在销售过程中和小商小贩斗智斗勇的博弈之累。利让人蒙心，稍不注意，就落入了对方的坑。

采挖回来的茯苓，先在大锅里蒸熟了，扒了外皮，切丁晾晒，干透了才可以出售。晒茯苓的时节，最怕阴雨天气。切成丁的茯苓最见不得湿气，几天不见太阳，白花花的丁上会生出绿霉来。即便后面太阳跟上了，发了霉的绿苔也再也不会消失，像人身上的污点，永远都在，虽然不一定影响药效，但就是卖不上好价。因此，人们发明了火炕，用柴火烘干，但这也增添了额外的辛苦。

收购茯苓的商贩大都来自河南南阳，一方面是南阳离得近，另一方面是南阳有市场，九省通衢，自来是活泛的地方。最早的时候，他们也没想着收茯苓。他们走村串户卖衣服、卖小百货，大包小包的，一走就是十天半月。卖完了衣服、小百货，大包小包变得空空荡荡，一打听，茯苓有钱赚，就顺带买些茯苓挑回去。有时候一挑茯苓比一挑衣服、百货赚得还多，慢慢地，卖衣服、百货倒成了陪衬，后来增加了加工环节，就做成了一方茯苓产业。

做小贩不容易，要想多赚点儿钱，就得尽量压价。压价也不是件容易的事。他们会事先在袖子里藏几粒不怎么干的茯苓丁，在看货时偷偷放进卖家的货里。卖家信誓旦旦，货怎么好、怎么干，这时候小贩随手拈出一粒，说这可不干啊。卖家接过来一看，还真的不干，立刻百口难辩，蔫巴了，只有任人还价。这样的把戏当然不能常用，所以新的伎俩被不断创造出来。

也有在钱上做手脚的，比如使用假币，当然，这是一锤子买卖，也有风险。有一年，有一个人买了一车茯苓，用的就是假币。假币质量也有高低,这假币做得好,认不出真假。但事后还是被发现了——卖茯苓的老两口拿着钱存银行,验钞机识出来了。老两口气得瘫倒,大病一场。那个买茯苓的人再也没有踏入过峡河,老两口也再没有踏出过峡河。

买家会使坏,卖家也会使坏,魔道相长。使坏的方法很多,各有各的秘诀,说不尽道不清。常用的是在茯苓丁里掺地瓜丁,地瓜丁也白,看不出来,把地瓜去了皮,切成丁,放一块儿晒,就是地瓜有甜味,不能尝。也有掺土豆丁的,但土豆丁干了会发黑,色差鲜明,不敢多掺。

用硫黄熏过的茯苓好看,雪白,放多长时间都不会坏,也能卖上好价钱。这种缺德事,有人干,但不多。

三

也有人不服商贩的低价,想要卖个好价钱。张得就把茯苓贩到了长沙。

峡河距长沙一千多里远,中间隔着两个省。对于小山小水小地方的人来说,长沙是个大世界,繁华得像个梦。张得没有出过远门，对长沙一无所知，更不要说那里的市场情况。他之所以把茯苓贩到长沙，是因为听说那里是南方，湘江、长江、洞庭湖，湿气大，人的身体普遍受湿气之害，需要除湿。身子有了湿气，就睡不安稳觉，也需要安神。这些问题，只有茯苓能解决。

三千斤茯苓拉到了长沙，张得才发现，根本不是他想象的那回事。他先找了家旅馆住下来，把货存放下来，带一些出去找买家。他先到人多的地方去，橘子洲头、东塘、黄兴南路、五一广场，不但没人买，戴大帽的人还老来赶他走。张得想，繁华的地方，人一身繁华，什么都有，就是没有病，自然都不懂药的用处。他接下来把小车子推到了居民区，沿巷过户地叫卖。叫卖了两三天，还是没人理他；有理的，但说他是骗子。张得回到旅馆，前无路后无道，彻底泄了气。

旅馆老板是个女人，三十多岁，长得不好看，女人不好看有好多种，她属于不能看的那种。女老板不但不好看，还不好惹。待了七八天，张得身上的余钱也花得差不多了，他问老板能不能先欠着房费。女人叫了起来，说："怎么欠天欠地还有欠睡觉钱的？"引得客人都出来围观。一个男人，哪受过这么大的辱！张得怒从心头起，说："就欠你房费了，不让欠都不行，我一房子好货，还不值你房钱吗？"众人好奇，就要看张得一屋子货，其中有人认得，说的确是好货。就有人帮张得说话，说住一年房费也抵得了。

到了晚上，女老板敲开张得的门，说："你要住也行，一天十斤茯苓，一日一结。"人在矮树下，怎能不低头。张得说："行。"

过了几天，女人又找到张得说："你的药材，我都要了。"原来女人正与老公闹离婚，老公原来也是个穷小子，后来混出来了，在药材公司上班，自然是认得好货的。旅馆是老公拿钱开的，要离婚，男人要把房子收回去，但女人没有钱，离了几年离不成。女人对老公说："给你三千斤茯苓，旅馆归我。"男人算了算账，说："按你说的，两清。"

女老板对张得说："三千斤茯苓归我，我的人连旅馆都给你，想怎么住就怎么住，想住多久就住多久。"

张得晚上看着茯苓，出了一夜的神，想想这半辈子，想想老家，想想早已过世的父亲母亲，想到最后，哭了一场。第二天，他找到女老板说："就依你。"

张得再也没有回峡河，成了旅馆老板，有钱花，有女人伺候，日子过得不错，就是每天看见那女人，心里总是别扭。老家来了人，也不让见老婆，带到饭店吃饭。

张得每年都会让老家的发小给他寄几斤茯苓。发小说："长沙市场也有卖的，从老家寄一千多里，隔山隔水，邮费不划算。"张得说："贵是贵些，划算不划算的，我心里知道。"

四

采茯苓、种茯苓的人多，也都知道它是一味中药材，但到底能治什么大病、有什么奇效，又都不清楚。人们一般只会用它医些皮毛小恙，再就是做茯苓饼、茯苓糕，都好吃得不得了。茯苓打成粉，过了罗，掺一半白面，有的加馅儿，有的不加，在锅里烙。但茯苓能卖钱，也不敢随便吃，只有过年过节偶尔吃一回。听说夜尿多的人吃了茯苓饼，夜就起得少一些。

五峰山上的老道士蒋四，算是茯苓药用的高手。

打了一辈子铁的王铁匠，得了一种病，谁都不知道是什么病，谁都治不好。去大医院里检查，医生说是肾不行了，问有什么办法，说没有办法，除非换个新的；但新的哪里有，也换不起，就回家熬日子。王铁匠给蒋四的庙观里打过镰刀，刀不错，割尽山上百草。给观里打过锄头，锄头轻巧，挖过松林里野生的茯苓。蒋四说："你来，住我观里，我来试试。"王铁匠想，就当死马当活马医，试试总比等死强。他就住进了观里，一住就是大半年。道观虽处高山，但也是平地生活，两人日出而作日落而息，吃饭、喝茶、吃药，有时候一起出去云游，走了很多地方。半年后，王铁匠下了山，能吃能喝，又操起了旧业。

二〇〇八年一个大冷的日子，蒋四走了，活到九十一岁。蒋四生于民国，一辈子都活在民国里，饱读读书，脾气大，无儿无女。他一身的方子没有一个留下来，都随主人烟消云散了。王铁匠努力向求问的人讲述过一些记忆，但谁也破解不出来，只知道有茯苓入药。蒋四走了，从此没有了五峰观，只有五峰山还在。

五峰山在我家对面，高度上两地似乎持平，中间隔着一条峡河，好几里远。峡河有时干涸，有时奔腾，两座山永远平静，永远那么远。十年了，我再也没有登上去过，也登不动了。

有风有雨的日子，能听到五峰山上的松涛，荡漾，传远，不止不息；能看到山顶的云雾，散了，聚了，无穷无尽。

橡子树

一

如果给峡河一水两山的树木排个座次,最"兵强马壮"的无疑是橡子树,而后才是青杠、白松、黄栌和野板栗,叫不清名字的杂木树木当然也多,但大多无用,也不成气候。这个座次且远且长,记忆里,似乎几十上百年没有被打破过。

橡子树材质硬实,是建房和烧柴的首选,也被用来做锄柄和锨把,因此被砍伐的频率也最高,但这并不影响它们山林老大的地位。橡子到了秋天,雨一样落下来,第二年春天,小树苗像笋一样冒出来,循环往复,风摧枯荣。橡子树的生命力也强大,生长速度迅猛,又绝少枝丫横生,争先恐后往天上伸展,一棵棵树且高且直且壮,竹林一样。因为林密,树下少有杂木杂草,林子总是又透又亮,光线穿过丛林,被树干撕出条状,美好极了。一年一年，树叶落下来，下面还没有完全腐烂，上面又添一层，踩上去像毯子一样，成为小动物和虫子们的乐园。腐烂的树叶为菌类提供了绝好的养料，红蘑、鸡油、牛肝、鹿茸，夏秋时节，只要愿意上山捡菌子，绝不会空手而回。

我一直有一个疑惑，为什么橡子树生长得快，还能拥有坚硬的质地？按照树木的生长逻辑，生长得缓慢才能质密材硬。但万物自有自己的密码，对于树木的秘密，可能人类知道的只是皮毛。据说，橡子树是做葡萄酒桶的好材料，用它储存的酒且芳且香，经久益醇，这也是人们对树木的需求难以穷尽的秘密之一吧。早些年在峡河，橡子树被大量用来烧木炭，橡子树产出的木炭出品率高、耐烧，能敲打出金属的声响。孩子们最爱在炭火里煨土豆和红薯，那烧透的土豆和红薯软糯香甜，有一种特殊的味道。特殊在哪里，只有舌尖知道，所有语言无能为力，而别的炭火煨出的味道就差了一个层次。

我是在一所山区中学读的高中，那里离家九十多里。那时候，还没有班车，因为没有修通公路，来来回回都是步行，翻三座山，蹚五道河，从早到晚要走一天。那些年，春夏之交，我常常在沿途看到一个景象：满山翠绿的枝头上，一片又一片白花花的柞蚕灿若繁星。柞蚕体大，食量也大，它们要在极短的时间里积蓄足够的能量，然后产出茧来。柞蚕很快啃食尽了一面山坡的橡子树叶，被人移到另一面山坡上。也真是奇迹，待那一面山坡的叶子被啃食尽，这一面山上又长出新叶来，依旧浓绿稠密得风雨都化不开。就这样，蚕们从东山啃食到西山，两个轮回结束，就开始作茧了。待到深秋叶黄时，被蚕食过两遍的橡子树，依旧一片叶子不少，耀眼得如满山黄金。

二

橡子树的果实叫橡子，它唯一的用途是用来做凉粉，橡子凉粉的品质和口感没有任何一种凉粉能比。饥荒年月，它几乎成为家家碗里一季的常食。这主要是因为，一方面粮食有限，另一方面橡子太丰富了，一晌午能捡回一大筐。我一直记得制作凉粉的过程。

首先把捡拾回来的橡子放在阴凉通风的地方晾晒起来，一般是摊在堂屋的地上，阴凉又通风，也少受鸟雀侵害。如果暴晒，橡子会生虫，虫眼里爬出又白又胖的虫子来，不知道它们原本从哪里来的，怎么就生长得那么快。等到橡子外壳的表皮自动裂开，再用碓捣的方法把壳仁分离，得到的橡仁白白胖胖。

如果放几天，它表面就会变成乌褐色，但里面依然是白色的，要是忙得顾不上，干透了，硬得锤子都砸不动。

橡子仁用水浸泡后，连水带仁在石磨上细细碾磨，石磨一圈圈转动，白浆一圈圈流淌，流入下面的大木盆里。然后用细罗过滤去渣，这个环节很关键，决定了凉粉的品质。罗要细，一瓢一瓢过滤，不能急。过了罗的细浆一遍遍沉淀、换水，待水完全清澈了，橡子面的苦涩味就去干净了。雪一样的橡子面在木柜里能放好几年都不坏，需要做凉粉时就取一瓢出来。

做凉粉要用大锅，广口的那种。一般人家灶台上都有三口锅，中间那口使用得不多，用来做豆腐、做凉粉、熬萝卜糖。待水开了，把橡子面粉均匀地撒到锅里，边撒边搅。面粉撒多少，凭感觉、凭经验，浆汤稀了做出的凉粉软，稠了硬。结束了这一环节，文火慢煮，要不停地搅动，防止煳锅。搅的人搅出一头汗水，当锅面上遍起沸泡时，立马停火起锅。

将煮熟透的橡子面浆盛出，盛在盆里、桶里、碗里，待凉了，凉粉就成了。白嫩的凉粉模仿了这些器物的形状，惟妙惟肖，连一个补疤也不放过。如果加入少许白矾或食用碱，吃起来口感更加光滑清爽。橡子凉粉除了一种自带的淡淡清香外，入口基本无味，所以油、盐、醋、辣椒、姜、蒜等调料要齐全。有一种柿子醋，拌以切碎的葱花、蒜苗、香菜等调味小菜，可谓绝配无双。纯正的橡子凉粉与红薯凉粉、芋头凉粉不同，不宜用挠子刮，用老家话说，叫作筋丝不好。所以要用刀切，像切白豆腐一样，根据爱好切成条或片，放在碗里、盘里，泼上醋汁即可。小时候，家里老房子后面有一片野藿香，开紫色花，清香又好看。藿香叶子切细丝，是调橡子凉粉的绝佳搭配，可惜后来橡子凉粉没人做了，野藿香也没有了。

食物日益丰富的今天，已很少有人做橡子凉粉了，如果有人偶尔做一回，就成了稀罕物，招来食客成群。橡子一年一年白白烂在山上，没有人管它，自生自灭。有一些年头，也有外来商贩来本地收购，据说是去做饲料，也有说做别的什么。捡橡子的时间正好与种冬麦的时间重合，人们两头忙。这一季才是真正的忙季，没早没晚没白没黑，麦种下去青苗嫩嫩长出来了，橡子也捡完了。

有一年，在秦岭矿上，山下街镇上橡子收到了一块钱一斤，我们很多人停了工，去捡橡子卖，一天的收入比拉一天矿车划算多了。小秦岭的橡子落得早，而树叶还在枝头上，往天空望依旧遮天蔽日；低头看地上白花花一层橡子像铺了一层豆子，多得可以用手揽起来。女人干脆带了簸箕，揽起来只需簸去树叶和沙土，直接往口袋里装。到了月底，大老板上山检查工作，矿场稀零，车子生锈，有些荒凉。老板很不高兴，骂工头，这哪里是开矿,分明是糊弄人哩。工头说,洞里矿茬没了,得开新工程。接下来的三个月,我们干了三百米巷道掘进,每天两班赶。那个冬天,是我们收入最好的冬天。那个冬天,我用捡橡子卖的钱,买了一个诺基亚手机,一直用到漆色剥落,小米手机出现。

橡碗就是橡子的壳,有多少颗橡子,就有多少个橡碗。橡碗到底有什么用,有人说是烤胶,有人说是熬制工业染料,没有人弄得清,反正年年有人收购。上小学时,捡一季橡碗,一年的书本铅笔钱都有了,剩下的还能给家里买几包盐。

村里有一个姓邱的老奶奶,靠捡橡碗养活了得哮喘的儿子。这个姓氏不多见,所以我一直记得,她的父辈在旧社会时参加过某武装,有些威名,有很多故事与传说。她的儿子有很严重的哮喘,一年到头像拉风箱一样,特别是到了冬天,不能出门干活儿,只能围在火塘边烤火,一冬的油盐酱醋和来年春天的花费就落在老奶奶身上。冬天干燥,橡碗耐腐,鸟雀对它们也不感兴趣,橡碗就比树叶存得更长久。老人家像过筛子一样,在一片一片山林、一片一片树叶里翻寻,一个冬天过去,竟能捡一千多斤,卖二三十块钱。

关于这对母子后来的生活,有些残酷,也有些平常,是潜藏在平静海面下汹涌的那部分,不讲也罢。

三

老焦是个印匠，印，就是章，往明白了说，老焦是个刻章的。在众多手艺行当里，刻章算不得一种营生，从来只能算业余，因为没有谁能靠刻章维持生活，养活一家老小。但老焦算，他的章品种繁多，品相也高级。

老焦刻的章贵，但贵有贵的道理，他会识木头和石头，所以料选得好；他又手艺好，刻的章有的能用十年，有的能用一辈子，主人走了，章还在。他出门挎一个木箱子，里面装着大大小小的料，啥材质的都有。料在箱子里头，不打开看不到，但箱子远远一眼就看到了，那基本也是一枚章，黄檀木，像一坨黄玉，温润有光，永不褪色。上面自带的花纹，似有无限深意，虽然无言，但又像在说着什么，那是他的手艺。不知道的，夸一句"木匠好手艺"，他也不争辩。

老焦最厉害的，还是刻阴印，阴印就是冥币的模板。天上和地下那个世界到底使用的是什么样的钱票，没有谁知道，也没有谁见过。但老焦刻出的模板印出的冥币，让人觉得那地方使用的钱一定就是这样的，这就是正版。人虽然喜欢偷奸耍滑，甚至把良心给狗吃了，但没有人愿意给天上地下的人使用假币，头上三尺和地下三尺都是神明。

老焦选阴印模板的材料只用橡子树材,别的从来不用。要说比橡子材料高级的材料多的是,为什么它成了唯一,老焦不说,别人更说不清楚。有人猜想,可能那个世界只认橡子木味道的钱币,老焦就是那地方的银行在阳世的代理人,这样一想,老焦就变得更加神秘。也不是橡子树身上每一处地方的料都用得,一定得是树心部分。橡子树的树心更加坚硬、有分量,拿在手里像一块铁,沉甸甸的。更重要的是,所选一定得是自然倒掉的百年老树,这样一筛选,可以做那模板的材料并不多。好在,山里总有百年大树,总有树挺不过风雨倒掉了,让老焦不至于无材可用而失业。

材料先在一个专用水缸里泡三个月,十天换一次水。第一茬水瓦蓝瓦蓝的,手伸进去,手上也会留下蓝。第二茬就变淡一些,勉强可以看到水里的天和云,淡淡的蓝。第三茬更淡,和清水差不多。就这样,一茬茬淡下去,到了最后,水变得完全无色,就可以捞出材料雕刻了。雕刻要省时得多,但也要画三天,刻三天。这六天,有些神秘,老焦关起门,把自己重院深锁。等老焦打开门,一枚绝伦的印版就诞生了。

如今,老焦当然更老了,但手艺还在,还能雕印版,只是街上卖的机器印刷品更便宜,面额更夸张,没有人愿意再费神自印冥币了。只有老焦,还在用自刻的模板,自印冥币,烧给自己的先人。对了,自印的冥币在峡河一带叫纸洋,它对应的是银洋,也就是银圆,怪好听,怪有分量。

父亲的木匠手艺对付过无数种板材,椿树、梨树、野板栗树,还有更坚硬的黄檀,但很少对付橡子树。他说橡子树板材碱性太大,不宜做家具。橡子树的碱性大是真的,我看见过新鲜的橡子树被砍伐的过程,斧刃上沾着一层紫蓝,水对它无能为力,要氧化很长时间才能褪去。但橡子树是做房梁的好材料。有一段时间,家家都盖房子,二十世纪七十年代出生的一代人都长大了,娶妻盖房是当务之急。一时间,山上粗壮些的树都被砍光了,房梁的材料要到很远的山头上去找。父亲是个挑剔的人,一般的东西看不上眼。他终于在很远的山上找到了一棵巨大的橡子树。它似乎被人遗忘了,但自己没有忘记生长,长到了三丈高,小合抱粗。站在那座山头,可以看到远远的河南地界。网络出现的后来,我们在山上干活儿或经过它时常常会收到异省的信号提醒,那时候有漫游费,就赶紧关了手机拒绝接收。

那是一个阳光炽烈的上午,七八个人抬着巨大的木头,百足虫一样往前爬行。橡子树被处理过了,去了皮和多余的部分,但还是很粗壮。他们汗流如雨,嘴里喊着号子。在一个弓形拐弯处,木头太长了,而弯太急、路太窄,有些人脚下不得不悬空,首尾不能相顾,就不再是每个人均匀地使力气。千斤的压力突然落在了少数人的肩上,我看见木头下的人浑身颤抖,但又不能松懈,旁边的人把号子喊得更响,为他们加力。弯终于一寸寸过去了,歇息的时间,他们齐齐躺在地上,仿佛泥土可以帮他们找回耗尽的力气。我一生里有过无数次热泪盈眶,那是最初的一次。由此,我长大了一些,对于人间生活,那些悲欢离合,那些生死荣辱,不再大惊小怪。

四

我一直难忘一九八九年夏天的那次放河排。

那时候峡河水还很浩大,丰水期很长,几乎和枯水期等长。峡河的干涸是近二三十年的事。"三十年河东,四十年河西",说的不仅是河流的流向,还包括它们的荣枯,这是所有流水的宿命。我后来看到的河都差不多是这样。那一年夏天,峡河发大水,我和几个人被队里安排去放木排,给一家煤矿送几千根坑木到大路边。峡河山路狭窄崎岖,大车进不来。橡子树硬度高,宁折不弯,也是上好的顶木,煤矿都抢着要。这也是很多年里，峡河这地方集体和家庭的主要经济来源之一。

开始，几千根木头用铁丝绳连成长排，顺水而下，浩浩荡荡。押解的人站立排头，手持一根长竿，掌握方向和速度。这样的豪壮情景，我在此前和此后的小说和电影里见过，亲身经历还是第一次，所以既兴奋又恐惧。而我的伙伴们都是老手，久经沙场，他们的镇定让我稍稍安心。在峡河与元潭河交汇处，出现了一个十几米宽的落差带，这是考验生死的地方。我们纷纷跳下木排，攀崖而过。木排在落差巨大的深渊下面被急浪打散，再把它们连接起来已不可能。这些坑木下来的水程或走或留，很多只能听天由命。

我们把行走缓慢和滞留在岸边的一些木头三五根一组连接起来，仿如小木船，站上去，奋力追赶前面奔走的部分。有几个人留下来，驱赶滞留下来的"残兵余勇"。毕竟，每一根木头都曾伴有汗水，都是柴米油盐的来源。在一个水急浪高的急弯处，我的同伴被掀下了水，我看见他挣扎了几下，浑浊的浪头很快把他吞没了，无影无痕。我一边大喊他的名字，一边泪如雨下，一边奋力撑舵。过了急弯，又行四五里，我回头看，有一个人骑着一根独木头，一路哇哇大叫，他在浪里跃起落下，像骑着一匹烈马。他正是我落水的同伴，身上已经没有了一件衣服，连裤头也没有。

他是一个哑巴,名字叫大炮。他后来从事一种和操作大炮差不多的职业——爆玉米花。玉米花又香又脆,但那大炮一样的爆炸声让人害怕,喷薄而出的轰鸣让人避之不及。他穿村过镇,踏百家门院,也许他听到过它的声响,也许从来没有听见过。希望他属于后者,无声让人专一、平静。

在312国道边,我们把坑木聚拢起来,只剩下两千来根。一些永远地搁浅在了七十里长的河岸边,被人捞走当柴,或来年长出木耳;一些随急流大浪进了汉江和长江,成为大河和未来泥沙的一部分。

我看见312国道车水马龙,人和车辆呼啸来去,像历史里的陈胜、吴广揭竿大泽乡,不知所来,不知所去,不知过去,不知将来。这是我第一次看见312国道,那是一个完全不同的世界,它的平静和呼啸让我害怕又向往。

此后的漫长岁月里,我背着行李,一人或数人,北上或南下,像那些坑木一样,在沿途的某处停留,或去往遥远的尽头。

年戏

一

已经很多年没有看年戏了。

八年还是十年？已经不记得了。时光真快也真慢，那些唱念做打，那些鼓弦锣钹，那些夜黑风高与万家灯火，那些台上的人与台下的人，都被风吹淡了，又历历如在眼前。

老家这地方，年戏是从哪一年开始的，已经无从考证，因为从来没有文字记载过它们。不仅是年戏，峡河这地方，几百年里多少风尘人事，多少刀光剑影，从来没被记录过。那看戏的人、演戏的人，走马灯一样生生死死，大多已泯然于岁月深处。但即便考究出来，其实也没有什么意义，说到底，那也不过是一年三百六十五日最后的一个乐子。日子需要色彩点缀，生活需要苦中有乐，春夏秋冬四季里，总有一些乐子参与到日升月落里，此乐子和彼乐子并无实质区别。让人难忘的，是乐子里里外外的那些人、那些事，更多的时候，他们比戏还精彩。

峡河地势狭窄，少见三尺平地，加上峡河年年发大水，人都几乎居无定所，所以也难以固定一个中心的、宽敞些的地方修一座戏台。我第一次看年戏，在峡河小学；最后一次看年戏，也在峡河小学。不仅是唱戏在小学操场，每次开群众大会、放电影，都在这里，说峡河小学是七十里峡河的文化和政治中心，一点儿也不为过。

在有电之前，最了不起的照明工具是汽灯。我享受过汽灯的明亮，至今不明白它的原理。它高高悬挂在临时戏台左右的两根高杆上，戏台像一艘大船在航行，唱戏的人是热闹的乘船远渡重洋的人。远远看，无边黑夜里，一片天地因汽灯而亮如白昼。点汽灯也是个技术活儿，不是人人都会点，一晚上两只汽灯要烧不少煤油。点得好，省油又明亮；点不好，费油又昏沉。村里，只有老李点得好，所以用汽灯的时候，由老李来点灯；不用的时候，就由老李来保管。老李个子矮，平时人们喊他老李，也有人喊他矮子，只有到了用汽灯时，才喊他灯师傅。老李一年的高光时刻不多，有些年景三四回，有些年景一两回，每年有定数的一回，就是唱年戏时。老李平时难得被人当人，只有点汽灯时，才被人当人。老李这时也把自己当一回人，必须和演员们吃住在一起，戏开演，他也不坐台下，一定得坐在两边厢台上，不知道的，以为这人是剧务或导演。

唱年戏的日子并不固定，有时唱在年内，有时唱在年外。这一半因素，看戏班的准备情况，准备得及时，年内就能出戏；准备不足，则要放到大正月初里唱。当然，这说的是村里自己人的草台班子。如果是请外地剧团，年内就唱了，大伙儿看了戏，收了心，欢天喜地过大年。

早年的年戏和看戏的情景都忘记了，一九九八年的那场年戏，我一直记得，唱的是《宝莲灯》。为什么唱《宝莲灯》？许多年后，当年乐队的吹笙青年成为我在秦岭深处的搭档之一。他告诉我，那年团里两个角儿都病了，住着院，新顶上的角儿只会唱《宝莲灯》，换了别的没有把握。也确实，一九九八年的年戏《宝莲灯》唱得好。

那一年的冬天，是个少有的暖冬。老话说：春打六九头，这一年，五九上早早打了春，迎春花、山茱萸、蒲公英都明黄地开了。那明黄明黄的颜色，天真得让人喜欢，也让人心疼。它们只是应季，而在看见的人心里，觉得好光景就要来了。有些人穿着棉袄，有些人脱下棉袄、穿上了崭新夹衣，女人的头巾，男人的帽子、围脖，早早摘下。总之，整个峡河一河两山，因早到的暖春提前了一年中的乱穿衣时节。

剧团来自邻省的小镇，其实也算不上剧团，就是一个十几个人的乐队班子，平时伺候方圆左近的红事白事。班子里的成员，有一些自学成才，有一些来自专业剧团——他们原来的剧团倒闭了，唱了一辈子戏的人，也做不了别的，加上爱好这口，不唱不自在。一群人凑在一起，磨合磨合，也能唱戏。先唱单剧，慢慢地，也能唱折子戏；唱着唱着，在地方上就有了名气，出县唱，也出省唱。这次剧团不收钱演出，除了管吃管住，还有一个条件，将来这边的红事白事，得多请他们。大家没有不同意的，反正红事白事总要请乐队，请谁都是请，都得花钱。演戏不收钱，等于白看戏，人人欢天喜地。虽然是戏，可演起来，腊月寒天的，那吹拉弹唱、飞转腾挪，没有一样是戏。

七十里峡河，那时候辖着三个村。没有戏台，三个村主任凑一块儿开会，最后决定每个村出十张门板。三十张门板，搭起一个戏台，倒也宽绰，连后台边厢都有了。剧团的人，也没有架子，帮着搭舞台。团长是个大个子，力气大，一次能搬起两张门板。他原是个瓦匠，姓张，年轻时给人做砖烧瓦，给我们村里烧过一回瓦，把瓦烧得蓝莹莹的，结实又好看，大家都认得他。他没有儿子，生了三个女儿，被罚了不少钱。后来，三个女儿如花似玉，嫁远嫁近，有许多故事。

《宝莲灯》又叫《劈山救母》，到了我们这儿，人们叫得更直接,叫《沉香救母劈华山》。人物、故事、地点,都有了,一目了然。华山离峡河不远,村里很多去过秦岭金矿打工的人,都从它的脚下经过过,见过它的雄伟,喜欢过它顶上的青天和云彩。但一座山怎么被一把斧头劈开,没有一个人见过。一九九八年的年戏,看戏的人特别多,人山人海,凳子一直排到峡河边上。峡河边上,两岸无边的芦花,熬过了冬天,正往春天里白。

二

冯琴师离开大家已经十年了,十年仿佛弹指一挥间。村西头的那棵泡桐树由碗口粗长到了合抱粗,满树紫花年年开,年年落。

一九九八年的冯琴师还很年轻,人像他的琴声一样曼妙、精神。他原来是个教师,自己都不知道什么原因就下来了,除了地里的活儿偶尔干一回,他把自己关在屋里,就是拉琴。琴声有时把他拉到很远,有时又把他从很远的地方拉回来,有时拉出他的哭,有时拉出他的笑。有人说冯琴师拉得好极了,有人说他拉得什么也不是。冯琴师不管不顾，只是拉。这天晚上，他正在床上发烧，接到一个紧急通知：救场。原来，《宝莲灯》正演得行云流水，下边欢声不息，突然胡琴没了声音，台上的人没有琴声引领，像一艘船折了帆，没有了方向，不知所措。那年轻的琴师操着琴，突然胆结石发作，疼痛排山倒海而来，怎么也把持不住两只手去捂肚子。团长一下子没了主意，仿佛塌了房梁。他问村主任，本地可有人会拉琴，村主任想起了一个人。冯琴师翻身下了床，操起琴，就往场上奔。

琴声再次响起来，笙弦锣钹应和着跟，戏里人再次回到戏里，华山巍巍，又罪恶又高大，不幸的人肝肠寸断。那人唱道：

> 刘彦昌哭得两泪汪，
> 怀抱上娇儿小沉香，
> 官宅内不是你亲生母，
> 你母是华岳三娘娘。
> …………

胡琴声从台角起身，在台上盘旋，围着刘彦昌打转。像在勾引，又像在鞭打。演刘彦昌的人是个女人，女人的身段，男人的嗓门。也许她本是女声，但要唱出男声，就要变腔，变腔不是一件容易的事情，容易不男不女、不伦不类，但这个女人做到了。变腔做到了，但是要进入一个失妻男人的悲伤、悲愤，又不是一件容易的事，毕竟一个年轻女人没有失妻的不幸，甚至没有失亲的经历。她要努力变成刘彦昌，拥有他的全部痛苦，却又总是游离在外面，像对着一扇半开半掩的门，怎么也进不去。琴声化作一只手，牵引着她，推动着她，往门里走，门吱呀一声开了，内里一团黑暗，有冷风阵阵，有枯叶吹落一地。女人一下感觉自己就是刘彦昌了，读书，赶考，做官，心爱的人被压在华山下，永世不得相见。女人悲从中来，悲如泉涌。

台下人都不敢发声，都变成了刘彦昌，怀抱着娇儿和一个男人的全部悲痛。孩子们也停止了嬉闹。那琴声，那戏腔，把所有人都罩住了。

这时候，天空飘起了雪花，不大不小，不紧不慢。它只是飘，似乎并不落下来，仿佛被琴声支配，身不由己。这个季节，下雪是正常不过的事，毕竟才打过春，冬天还在，山上的草芽虽然有一些萌绿了，但还没有完全舒展身子。很多年过去了，人们想起一九九八年的年戏《宝莲灯》，想起那场雪，还在说，那不是春天的雪，是刘彦昌的雪，三圣母的雪，沉香的雪。

冯琴师一战成名，再没有人说他拉得什么也不是，都说他是一条卧着的龙,大象无形,大音希声。张团长说:"你也别待在家里了,是车得拉货,是马得骑人,跟我走吧。"冯琴师跟着剧团走了,听说后来把琴拉到了开封、洛阳。

三

年戏,也不是岁岁年关都有,有一些年景,找不到剧团,有时候,有剧团愿意出演,但价高,请不起。这样就有了空白年景,虽然日子照样一天天过,但人心里总觉得少了什么,仿佛少吃了一顿饭,或者没有吃饱。遍地的小剧团纷纷倒闭,演员们各奔东西,坚持下来的凤毛麟角。村里早些年还能搭起草台班子,慢慢地,就搭不起来了。搭不起来也不仅仅是经济原因,还有个原因是没有人了,老的唱不动了,年轻人奔走他乡打工,时代飞速向前,无人能为乡野戏台停留。

我看的最后一场年戏,是黄梅戏《天仙配》。至于此后,还有没有唱过年戏,哪里的人来唱,唱的什么戏,我都不记得了。像大多数年轻人一样,我多在外,少在家,四处漂荡。生活,让一代人直把故乡作异乡。

峡河这地方，夹在两省三县中间，受秦腔影响，也受豫剧影响，但似乎仅仅是影响而已，这里人能唱的、喜欢唱的，依旧是黄梅戏。三百年前，祖辈们离开故乡，千里颠沛，除了锅碗瓢盆、破衣烂衫，还带来了黄梅戏。

还是老李负责点汽灯，这也是最后一年点汽灯。因为电已经通了好几年，明晃晃的电灯，不知道要比汽灯亮出多少倍，汽灯从此退出了舞台。老李不知道这是他最后一回点汽灯，依旧点得十分认真、十分明亮。这时候，老李已经有些老了，个头儿显得更矮。他再也爬不动高杆，就学习了升国旗的方法，用一根绳子拉动汽灯升降。

《天仙配》剧情简单，人物也少，我猜这也是大家选择唱它的原因。剧情复杂的不容易演唱，人物多了，哪里去找演员？特别是后者，是个硬件，也是软肋。

组织人是我家一位表亲，虽说表亲不亲，但路上见了也得叫他一声"表叔"。这位表叔在镇上公路部门工作，一辈子搞乡村公路勘探、设计。他是一位实干家，搞出了不少好公路，但文化低，一辈子没有职称。不过，大家还是觉得他是一个了不起的工程师，喊他刘工。镇上本来没有公路部门，但当初考虑到基层建设需要，就设了这么一个部门。到后来，乡村公路通得差不多了，这个部门就再也没事可干了，有也相当于没有。

表叔没有了事干，但还有份工资拿着。没有了具体工作，他就爱上了娱乐，那时候还没有广场舞，只有乡戏。

演牛郎的是他的大儿子，织女找来找去没有合适的人选，只能让儿媳上场。这样演起来也顺理成章，少了尴尬。本来两口子在外边开旅馆，一开就是很多年，年关时节，生意正好，硬被老头子拽了回来。两口子只好把生意临时转给别人。

这时候家家都有电视机、音响设备，大冷的天，人们都猫在家里看电视、听戏曲。整个冬天，这两项是每家的主要生活。表叔知道，没有人会来看年戏了，你唱得再好，也没法和电视里的比。他想了一个办法，凡来看戏的，男人发一包烟，女人发一包糖。

这一天，到场的人还真不少。时光仿佛回到一九九八年的那一天，小学操场上人山人海，凳子一直排到峡河边上。峡河边上，两岸无边的芦花正崭新。

冯琴师已经六十有五，头发变得花白，身子也有些摇晃，不过精神尚好。张团长的剧团已解散好多年，张团长随着小女儿去了海口，在海南岛上喝椰汁，再也不会回来了。剧团没了，一把拉天拉地的琴再无用场，冯琴师就回了家乡。这天，他也赶来捧场。冯琴师觉得自己没有钱，人也老了，能做的就是捧个琴场，这是必须的。

琴，拉起来；鼓，打起来；弦，弹起来。七仙女唱：

> 我看他忠厚老实长得好，
> 身世凄凉惹人怜。
> 他那里忧愁我这里烦闷，
> 他那里落泪我这里也心酸。
> 七女有心下凡去，
> 又怕父王戒律严，
> 我若不到凡间去，
> 孤孤单单到何年？
> …………

七仙女唱得有些动情，两眼放光，她也许想起了自己的初恋时光。爱上现在的丈夫时，她才十七岁，还在读高中，因为对一个人爱得深沉，就不大爱课本和课堂，因此没有考上大学。获得了爱情，没有了前程，到底值不值得呢？她也说不清，没有人能算得清这笔人生账。

牛郎接着唱：

> 满含悲泪往前走，

见村姑站路口却是为何?
她那里用眼来看我,
我哪有心肠看娇娥?
爹爹在世对我说过,
男女交谈是非多,
大路不走走小路,
又只见她那里把我拦阻,
…………

牛郎那时还没有尝到爱情的甜头,活脱脱一个又傻又笨的大男生。

台下的人听得出来,这两口子还是有些功夫的,那一招一式、一念一唱,全在线上。大家都觉得不解,这看着长大的两个孩子,哪一年学会了唱戏?他们不知道,旅馆开得大了,也有卡拉OK,客人唱,老板也要唱。旅馆服务业,早已不是龙门客栈,有酒有肉有床远远不够,好生意,一半是唱出来的。

唱完了这一出戏,老李把两盏汽灯收起来,悬在房梁上,再也没有拿下来过。两盏汽灯走完了自己的历程,而老李的历程还在走,只是走得慢了,伴着踉跄。

表叔再也没有组织过乡戏。第二年,他患了中风,从此再也没有说过话。想起有一年,我帮着人在公路边炸石头,他正好经过,说炸药把公路震坏了,要去报警,我再也没有喜欢过他。

如果这位表叔还能组织乡戏,不知道还有没有人看。有了互联网,大家都在刷抖音,除非那乡戏比抖音更热闹、更有吸引力,但这是个难题,那是艺术家们该做的事。

表叔的儿子、儿媳回到南方城市,继续开旅馆,据说他们靠着开发的娱乐节目"天仙配"招揽生意,业绩还不错。

四

已经三个月没有回老家了。

车进峡河,天已黑透了。车灯打起来,明亮的光柱在山边、河边划动。

枯水季节,河里几乎没有什么水,只在有落差的地方还能听到水声。河床宽宽窄窄,九曲十弯,白茫茫的东西充满其间,因势就形。它们丰盈浩荡,摇旗呐喊,前不见所始,后不见所终,那是芦花。

多少事物都泯灭了，只有芦花还在，它无意见证什么，却见证了所有；它无意说出什么，却说出了一切。它见证了一个人从少年到中年的历程，见证了年戏从兴到衰的光景。

芦花岁岁到天涯，那是另一场乡戏和年戏。它高亢苍壮，细柔温婉，从峡河开始，沿着长江一直唱到大海，唱给风听，唱给水听，唱给生和死听。

感冒记

又是汗湿巾被的一夜。

夜里醒来感觉到一阵阵眩晕,身体像竹节一样一节节撑起来,又像竹节一样一节节躺下去。医生说,多喝水,多出汗。每天挂完了药液,回到家里,儿子一杯杯给我倒水,我一杯杯喝下去,记不清喝了多少杯水,出了多少汗。这样已经四天了。

(二〇二三年)十二月二十八日,南方某高校新闻专业的三位同学来拍我的镜头,他们有一个作业设计,记录一个小人物的一段日常生活。他们说将来毕业后的就业目标是电视台。其中有一位同学高中时就是我的读者,买过一些我的书,盛情难却。我们去拍灵口的洛河。十几二十年前,我和我的同伴无数次把洛河边的灵口作为中转站,去往矿山或者经此回家。这是与一群人的青春和命运有关的地方,兴衰悲喜,临波照影,彼此相看两不厌。

那天早上起来,感觉嗓子干干的,有些疼,这是感冒的前兆。还好不发烧,也不咳嗽,凭经验判断,还能撑一阵子。尘肺病最怕发烧、咳嗽,很容易引起间质性肺炎。间质性肺炎几乎无药可医,会加速引起肺纤维化和肺功能衰竭。

"欲买桂花同载酒,终不似,少年游。"

人已不是三四十岁的人,洛河已经不是十多年前的洛河。流水已经变得很小,河床尽是卵石,大大小小,铺排无涯;木桥换成了水泥桥,岸上的人烟不再鸡犬相闻,取而代之的是大大小小马达的轰鸣。生活的每一步前行,总是以打破宁静为代价。南岸的人们都搬到了北岸,崭新的移民新居拔地而起。只有南洛河上的云,还是那样亡命似的白。

我们沿着北岸的一条小路往上走,我试图找到些当年的记忆。那时候,土地宽敞些的地方都种植着烤烟,沙土地上的烟叶品质优良,烤出来的叶子一捆一捆地码在架子车上,被拉到收购站点,铺天盖地,浅黄灿烂,像金箔一样。眼前的土地一些栽上了桃树,一些围起来做了鸡场,看来不种烤烟已好多年。拍了几个空镜,用石片在浪头上打了几个水漂,我们就回来了。当晚,我就躺倒了。

每天挂三瓶水,四五个小时,看着药水一滴一滴往血管里流。渴望出现奇迹,渴望东风压倒西风,但没有反应。儿子焦急万分地坐在我身边，关照着细节。我比同病室的那些病人得到了更细致的陪护。

小诊所的主人和我年纪相仿，原本是一位乡村医生。他说他的一位同学也是码字人，他们经常聊东聊西。他说我一报名字，他就想起来是我。

诊所天天人满为患，没地方躺，挂针的人在小凳子上坐成一排一排的。医生当过兵，到过很多地方，曾立志做名医，在小山村里坚守了半辈子。随着乡村人口的流失，做名医已经无望，只得向县城发展。看得出他热衷的还是中医，有中药专柜，有理疗设备，墙上挂着穴位针灸图。

我看见他熬制了很多中药贴，贴很大，能贴满一个人的整个背部，治疗腰椎、颈椎疾病，那是他自己研发的。不知道效果如何，但接受者寥寥。中医的复杂性、隐蔽性，注定了它在快节奏时代的尴尬。打工的人希望一夜病除，天亮接着打工；守家的人希望立竿见影，接着完成家里做不完的活儿。对于有中医理想的医生来说，每天一针扎下去的吊瓶，是生活，也是理想的消亡。

有一个中年男人，每天和我毗邻而坐，我的药水完了，他帮着换一下药瓶，我也经常帮着他换。他是一个泥水匠，给人刮大白。新房装修，旧屋翻修，城里到乡下，他总有干不完的活儿。他的感冒已经引发了肺炎，咳嗽像炒爆米花一样炸响。他问医生，病还能不能好。医生说，放心，药到了，病就好了。他无限焦虑地说，可不敢死，屋顶给人家刮了一半，怎么着也得给人家刮完了。

我想起来一九九九年冬天那场惊天动地的感冒，也是这样冷，活儿也是给人家干到一半，我们都躺倒了。

这个地方叫樊岔。想象中，某些年代里，一条岔子住着很多姓樊的人家。如今因为矿业的兴起，环境被破坏，住户都搬走了，剩几户人家住在岔口，以开碾坊炼金为生，平时也种庄稼，也放牛。

我的搭档是两兄弟，哥哥叫樊保民，弟弟叫樊保国。人如其名，都朴素纯良。我们接了一个活儿：把一条巷道往东北送五百米。五百米送到了，给我们一次性结工资。我们私下里得到的消息是，在东北地下五百米的地方，有一条金脉，目前至少有三条巷道昼夜不舍地往这儿赶来。按规矩，谁先赶到，金脉就是谁的。

两台风钻作业，每天两茬炮，进度四米。我和保国各抱一台风钻，保民作帮手。保民虽然长保国几岁，但技术不如弟弟，干爆破工吃的是技术饭。石头很硬，硬到一颗钻头一个孔，开孔时刀一样的合金，打到孔底就废了。术语上叫二号岩石，二号岩石对孔位技术要求极高。我技术强于保国，负责掏心孔，保国负责边眼。干到一个月时，保国感冒了，他抱着机头，身体打晃，已经控制不了机器了。因为机头打晃，钻杆像面条一样扭动，会突然折断，这异常危险。那天下班时，保国说："我站不住了。"我说："我来处理后面的事。"我处理了后面的事，完成了爆破。保国说："我走不出去了。"我说："我拉着你出去。"找来了一辆架子车，我和保民拉着他往外走。保国个子有些高，车架有些短，他的两条腿在车架外甩呀甩，不像是他的，像多余的。

矿上没有药店，老板从山下买来了感冒药，整整一纸箱，方便面纸箱。红色的药粒，红如赤豆。工棚四面透风，我们上班去，把被子全压在了保国身上。上班前，我给保国喂一遍感冒药，下了班再给他喂一遍，每次十二粒。

两天后，我也感冒了。那天，我依然负责掏心孔，保民负责掏边孔。两台机器两个人，没有帮手，效率就降了下来。掏心孔跟着第一个孔的标杆走，我看见标杆一直在晃动，我控制的钻杆怎么也无法和它保持等距平行，到第五个孔时，它们互穿了。保民说："师傅，不是标杆在晃，是你的身子在晃。"我们干了十个小时，处理了后面的事。我说："保民，你把我拉出去。"保民找来了一辆架子车，把我装在车架里。他拉着车，不敢快，也不敢慢。我看见洞壁上的风管和电缆一直往后退，往后退，一直退到退无可退的地方。那些作为基桩的木棍偶尔长出白花花的菌子，这是不多见的活物，生动极了。

那真是一场旷日持久、惊天动地的感冒。我们三个在床上躺了八天，每天炊事员给我们送三回热饭，我们有时吃，有时不吃。秦岭的大雪在棚外落了八天。大雪有时慢条斯理，有时暴风骤雨。对面的裸崖高耸入云，有时晃动，有时静止。乌鸦在天空中高飞，因为无食而凄鸣。

第八天，我们吃完了一箱感冒药，终于可以起床了。碴工说，我们八天没活儿干了。炊事员说，能活过来就不错了。

我们的巷道到底没有跑赢别人。那天赶到时，是一个空荡荡的采场，地板像水洗过一样，距与金脉相见只迟了十天，而另一条巷道炮声隆隆，正在赶来的途中。

老板倾家荡产，停工停产，已经没有钱给我们付工资了。他问我们谁把小琴领去。小琴是他的情人，好看、柔弱，别的都好，就是脸有些长，花钱如流水。我和保民都已成家，只有保国单身，小琴就随了保国。保国心软，如果拒绝，小琴会无家可归。

一年后，小琴和保国有了一个女儿。保国欢天喜地，打来电话，让我给女儿取个名字，我翻了两天字典也没取好。保民又打来电话，说小琴给女儿取好名字了，叫樊花。这名字或许是希望女儿此生如繁花，也或许是梦想女儿此生生猛如女将樊梨花，无论是哪个寓意，都挺好。

今天再挂一天针，大概率病该回头了。

我活得如此小心和揪心，是因为无论从时间的维度还是身体的维度，都没有太多的空间可挥霍了。每一场感冒，都是一个加速器。

记得爷爷在世时，常说一句话：病是块试金石，要试试人命几成。爷爷学过一点儿医，懂得一点儿病理，只是他的医道比他的小楷逊色许多。感冒是不是试金石，病人用命打在上面的签色怎么分生死成色，大概只有医生和上苍掂得清。不过，鉴定金子的试金石，我倒是真正看见过、使用过，并且用得无比娴熟，只是好多年再也没见过金子。这辈子大概再无试金的机会了。

芦花年年白

算起来，刘唢呐已经走了八年了。

他入土南山那片洼地时正是九月，草木渐黄，峡河上的芦花正沿河亡命地白。峡河五年没有发过大水了，河道里的树木慢慢起身，树木以野柳为主，野柳比别的树木都生长得旺盛、壮阔。柳树虽然比别的树木高大、强势，但和芦苇的气势比起来就不算什么了。河床有多宽，芦苇的阵势就有多宽；地势有多急，芦苇就有多急。在一些地方，芦苇甚至超出了河床的界限，往山坡上蔓延，大有占山为王的气势。远远看去，茫茫芦花不知所始、不见所终，像另一河激荡的大水。据说，遥远的洞庭湖也有它们的影子。

刘唢呐的唢呐吹白过一年年的芦花，现在芦花以七十里阵势呼天抢地地为他送行，也算两情相敬，两不相欠。

刘唢呐哪一年开始吹唢呐的，没有人记得，连他自己也搞不清了。像人身上的痣，只看见痣，看不到它哪年哪月冒出来的、怎么冒的。

刘唢呐原来也不是吹唢呐的，而是个打铁的，人称"三铁匠"。往上数三代，刘家都是打铁的。刘家院子里有一口井，青石井台，八尺见方，水特别甜。别人家都安装了自来水管，刘家还是吃井里的水，虽然摇起辘轳来有些费劲儿。

刘家打出的铁器一直特别好用，那刀锋刃口，吹毛断发。有人说铁匠手艺好，有人说是井水好，打赌说，没了那井水，你看他还能不能焠出好刃口来。有好事者从河里提来一桶水，用河水焠过的斧头，砍起树来果然差些锋芒。

有一年，村里来了一个说书人。那时候，村里人最大的快乐就是听书。说书人说的是《薛刚反唐》，书很长，要说五天五夜。村里没有钱，问说书人三天三夜行不行，说书人说不行，三天三夜只有正本，没有书帽。听过书的人都知道，书的精华在书帽，好听，逗人哭笑又醍醐灌顶，书帽不属于正书，自行一路，但没了书帽，正书会大大减彩。队长说，五天五夜就五天五夜吧，都听个痛快。

书说到第三天，说书人的月牙板丢了，怎么也找不到，连厕所底都翻了个遍。三年后，村小学的李老师发现一个学生的书包里有一对月牙板，锃亮锃亮的，像一对精灵，就给没收了。

从此，这对月牙板有了下落，也再没了下落。说书，全靠两片月牙板，听书人听的也是悦耳的月牙板声，那是书的魂，药的引。说书人丢了月牙板，就像秦琼丢了双铜，关公失了青龙偃月刀，那怎么得了？说书人急出一身汗，问队长村里有没有好铁匠，打得了精钢的铁匠。队长说，有。

三铁匠用了整整一个晚上，打出了一对月牙板，书终于接住上回，没有半途而废。

说书人事后对三铁匠说："好家伙，好手艺，就凭这两片月牙板，你也能走南闯北了。"他又问三铁匠有没有学过乐理和乐器，神神道道地说："这尺寸，这精钢每一寸里的声音，是大是小，是精是糙，是收是放，是攻是守，可不是随便掌握得了的。"三铁匠说："我学过个屁。"

三铁匠这才知道，自己不光能打出好铁器来，还能打出好乐器，这也说明自己骨子里是有音乐细胞的。好多年后，他想起来，自己吹唢呐的起始好像就是从那一对月牙板开始的。说起来，月牙板和唢呐也挨不上，隔着三山五岳，自己怎么就吹上了唢呐，他也说不清。本来，世界上的事情，能说清的虽有，但说不清的更多。

三铁匠依旧打铁，那是养家糊口的营生，只在歇了炉子收工时才吹一段。世上有三样狠，打铁算一狠，收拾了家什，封了炉火，特别累，坐下来吹一阵子唢呐，就能轻松一些。吹唢呐，按说本也是耗气力的活儿，但三铁匠觉得，吹着吹着，气力就回来了。三铁匠吹着吹着，就吹开了，早晚吹，睡前吹，起床也吹。冬天，夜长得很，半夜里起来方便，再也睡不着，摸过来唢呐，吹着吹着，天就亮了。

吹了几年，大伙儿不再叫他三铁匠，开始叫他刘唢呐。大概是比较起来，认为他的唢呐能耐超过了打铁，后者才是身价代表。也可能是随着物品的丰富，铁器满街的铺子里都是，又花样繁多，人们更需要唢呐，不再需要那些手工铁器。

又一年芦花吐白，村里来了两个人，一老一少，他们是来收中药材的。峡河的天麻有名，得地理、气候滋养，药性足。这两个人跑了一天，收了两千多斤天麻，但是没有带车来，运不走，就把货放在刘唢呐家里，一个人回去开车，一个人住下来守货。

晚上，吃过了饭，客人都睡了。一轮明月从东边升起来，大得有些夸张，也亮得有些夸张。月亮太强势了，就没有了星星，云层也稀薄得很，渺小得很，不敢往月亮身边靠。刘唢呐看着孤零零的月亮，且亮且冷，不由得想到了自己。想到自己这半辈子，认识很多人，又像一个也不认识；有好多朋友，又像一个也没有，每天在村子的熟人堆里，又形单影只。月亮再大、再亮、再美，天亮了也得落下去，像没有来过一样。人一辈子，又有什么两样呢？想着想着，他随手拿起了床头的唢呐，吹了起来。

唢呐声穿林过涧，一直到了很远的地方。有的地方刘唢呐到过，有的从来没有到过，有的连梦也没涉足过，有的一辈子想到也到不了。刘家是独门独院，家里人都习惯了他的唢呐，但他忘了，今天家里还有一个异乡人在睡觉。

"好，真好！"一个人推开虚掩的门，走了进来。刘唢呐抬头看，是收天麻的年轻客商。那人在床边的凳子上坐下来，拿过刘唢呐的唢呐仔细看。这是一支再平常不过的唢呐，看不出材质的柄，让人生疑的铜碗，上面的铜镀掉了，斑驳、丑陋、不识面目，只有芯子完好，似乎经过了特殊处理。天麻客有些不相信如此好听的曲子是从这样的唢呐里发出来的。他问："学过乐理？"刘唢呐说："没学过，瞎吹的。"天麻客说："哦，我懂了，无师自通，了不得。"刘唢呐说："不敢说通，还没有通，隔着厚厚的墙呢。"天麻客说："难得了，很难得了。"他沉默了一阵儿又说："我收天麻，也不为收天麻，我爸做这个，我是搞乐队的，婚丧嫁娶，给有钱人演堂会。"虽说"千年琵琶万年筝，一把二胡拉一生"，但其实最难的还是唢呐，对于乐班来说，也只有唢呐才是王。

第二天，刘唢呐坐上天麻车，跟着天麻客父子出了远门。那人对刘唢呐说，只要舍得卖力，一支唢呐能抵十个铁匠铺。刘唢呐没有出过远门，也不想出远门，但打铁的活儿越来越少，没法再养活一家人。还有他觉得，窝在山里也让唢呐委屈了，它该有一片天地，该展一展翅膀。

过了两个月，刘唢呐回来了，话变得更少，唢呐吹得更勤。老婆铃铛知道他一定受了什么委屈，走时雄心壮志，回来蔫头耷脑，问他怎么回事。刘唢呐什么也不说。铃铛急了，生气地说，不说话就别吃饭了。男人冒了一句：唢呐不值钱，但它不该是任人使唤的丫头，更不是尿布。铃铛懂得了一点，感觉发生过什么事。一块儿生活了十几年，她知道自己的男人和别人有些不一样，打铁的人，天天身上没一处干净的，骨子里却存着一张白纸。

二○一三年峡河发大水，河道被一扫而光，被扫得最彻底的，还是芦苇，连个影子都没留下。芦苇的花絮子存在的时光最长，从上一年的九月一直白到下年新芦苇长出来，被彻底替代。一年里有大半年河道里是白茫茫的，白得干净，白得让人安心。那是一方生活和人烟生生世世的现场和背景。

没有了芦花，大家都有些不习惯，像心里丢了什么，空空的。尤其刘唢呐，心里更空。以前，他觉得嘴上的唢呐吹出的曲子是白的，又轻灵又干净，飞絮满天，洋洋洒洒；现在，吹出的都是石头。

棠梨沟的翠死了，上吊死的。翠命不好，前后死了三个男人。人们污蔑翠克男人，人死了，男人们竟然还怕，帮忙做事的没几个。她家里穷，更请不起乐班子。人一辈子，活得悄无声息，走时不能不声不响。刘唢呐拿起唢呐，进了灵棚。

他吹了一曲又一曲，人们头一次知道，刘唢呐的心里藏了那么多的曲子，像河流里的水，浩浩荡荡，怎么流淌也流不完。《百鸟朝凤》《一枝花》《抬花轿》《庆丰收》《黄土情》《驻云飞》《江河水》……一曲接着一曲，大水汤汤，有缓也有疾，有笑也有哭。

翠被热热闹闹地送上山，入土为安。事后，大伙儿背地里都说，刘唢呐，没本事，也有本事。

刘唢呐离开八年后的某天，一群人在我家喝酒。他们是我的发小、小学同学、邻居。就要过年了，他们都从外面赶回来了。有些人事业有成，有些人一事无成，只有我，算不上有成，也算不上无成。大伙儿说，只有我还显得年轻。他们看不见我身体里的病，当然也看不见我心里堆积如山的焦虑。我们说了很多话，喝了一瓶又一瓶。

酒酣耳热中，康瓶子说，往后大伙儿在一起喝酒的机会怕不多了。大家都问他为什么,他说出了一串数字:峡河上上下下两千口人,没在外面买房的只有不到两百人。

这是我们都无能为力的事情,世事轮转,从来没有个常数。只是,人走了,该在的都还在,山川依旧枕寒流,而芦花,随着流水,一直白到天涯。

黄栌记

峡河一水两岸的山上，橡子树多，黄栌也多。黄栌没什么用，只能拿来当柴烧。人们不叫它黄栌，叫黄蜡柴。黄蜡柴填进灶膛里，焰起三尺，确实像淋了蜡一样。

黄栌除了顶火、易燃，还有一个好处，秋天里好看。黄栌叶子的红，和枫叶又不同。枫叶红得深厚，有一种沉重之气，仿佛为了这红用尽了所有力量，更如把所有的力量使到了一处；黄栌红得轻盈，殷红、散漫，又不轻佻，像热血挥洒偾张。两种红不太好说得清楚，但站在一块儿，一对比差异就出来了，仿佛一位中年女人身边站着她灿烂的女儿。到了秋天，峡河从上到下的山上，一片一片殷红，仿佛失了火，火焰蹿腾，让萧瑟的季节多了些喜气与色彩。

关于黄栌，有许多故事。

一

峡河到了一九九〇年才通电,在此之前,晚上的人们家家户户都点煤油灯,在煤油灯之前,点松明子,再往前,就不知道了。大概只能借月光,小时候,端着饭碗坐在月光地里边吃饭边听大人讲古,可惜月光不是总有。煤油灯费钱,没有人会造出煤油来,要花钱去买,点起来就不能任性。在点煤油灯的时期,还有人点松明子。松明子就是松树的树心和枝节部分,含了松脂,油气大,易燃,但烟也大。人们在享受光明的同时也必须接受烟熏火燎,早上起来,如果登台唱包公,一张脸基本免了化装。

在我们很小的时候,流传着一段顺口溜:峡河沟,柳树粗,烤不起火,打树兜,点不起灯,点松油。松油,就是松明子,关于它,也有说不完的故事。

比较起来,烤火比点灯重要得多。没有灯,大不了早睡,做些好梦和噩梦;没有火烤,冬天能冻死人,不要说人,狗也有冻死的。

有一年冬天,全村搞农田会战,大伙儿往死里干也热火朝天不起来,只得就地烧起一堆火。干一阵子活儿,烤一阵子火。有一只小狗,也不知从哪儿来的,冻得受不了,跑来凑暖和。

到了晚上，人们回家了，小狗没有家可回，就蹲在余火边烤火，它高估了火，以为火能顶到太阳出来，也许知道火顶不了太久，但它没有办法。狗一辈子，和人一辈子差不多，很多时候很多事情都没有办法。第二天大伙儿上工，看见一只小狗死在火堆边，身子硬得像冰块。大伙儿就地挖了个坑，把它埋了，在上面架起火堆。火堆烧了一个冬天，夜断昼续，有人说，这下，小东西不冷了。

黄栌不成材，曲里拐弯，枝节横生，但也能长粗，粗的有一人合抱那么壮。黄栌还有一个特点，通理，容易劈开，一把斧头能把丈余长的大树干从头劈开到尾梢。人们都说黄栌是讲理的树，不胡搅蛮缠。劈开的黄栌也好看，黄灿灿的，像黄绸缎子，纹理也清晰，像绸缎子里的经纬，尤其是那经络，一条条的，有一种富贵气。村里有一户人家用黄栌箍了只盆，用来和面，十几年过去了，它依旧像只金盆，条理烁烁，在厨房里生辉。

因为材质硬扎和容易劈开的特点，那些年，黄栌被用来烧木炭。

那时候，峡河还是乡建制，辖着四个村。麻雀虽小，但一样都不能缺，学校、医院、信用社等，加起来有上百号人。为了保证有炭烤火，各村年年都批一些炭窑，每个窑口都有任务。

二

黄家岔虽然只有五户人家，但人气旺。尤其黄家，三世同堂，大大小小八口人，八个人一张桌子上吃饭，桌面都有些紧张，挤挤挨挨的。黄汉升两口子上有两位高堂健在，下边生了四个孩子：一个女儿、三个男丁。那时候人们大多不会起名字，也懒得麻烦，怎么省事怎么来，三个男丁依次取名金宝、银宝、铜宝，女儿干脆就叫黄丫，本来就是个丫头片子嘛，顺口又顺章。黄丫十八岁嫁到了邻村，已为妻为母；三个哥哥都单着，像三匹骡子，一身力气，没地方使。这一年还没入冬，黄家接到了一个重要任务：烧炭。

烧炭是个狠活儿，也是个技术活儿，最主要的技术体现在窑口上。窑口有两个要求，窑址要选得合理，树容易集中利用，省时省力；窑要筑得好，筑得好多出好炭，筑得不好，不但出炭少，炭的品质还不好，不禁烧。这一年冬天，天公也作美，清冷，寒风一直从入九刮到出九，九九八十一天，地上除了雪就是冰，炭卖得特别好。许多年后，黄汉升回光返照的那个下午，他又想起了筑窑的那个雨后初晴的好日子。

窑址选在了东洼的坡脚，一方面，大树小树从坡顶往坡脚集中简单得多，如果选在坡顶坡腰，会事倍功半，不能把一面坡的树利用尽；另一方面，是坡脚有一孔泉眼，一年四季汩汩不断。水的用处可大了，不仅人需要，炭也需要，水能灭火，对付那些出了窑的还没有完全熄灭的炭，水就派上了用场。筑窑那天，黄家人起了个大早，女人蒸了馒头，杀了鸡，备了香火纸炮，男人收拾家伙，磨刀利刃。天不亮，黄家父子四人到了坡脚，摆上供品，磕头作拜，敬老君和土地公公。土地公公是"现管"，老话说"县官不如现管"，必须先敬为上。老君炼丹出身，对烧瓦、烧陶、烧炭、打铁的来说，他都是必敬的大神。黄汉升觉得老君最该敬，倒是土地公公哪样都少不了他，又没道行，又不办事，占了不少便宜。

这年整个秋天，雨水丰沛，虽然深秋了，离冬天越来越近，但扒开树叶，泥土依然很潮湿。潮湿的泥土充满了黏性，筑起窑来，就省事得多。黄土一锄头一锄头取下来，窑圈一寸一寸立起来，到了中午，窑圈筑到了半人高，看着像一座气派的城池。黄汉升有一年到过西安，见过那高高的城墙，城墙厚重，坚不可摧，仿佛一座窑口。那一刻，他觉得城里的那些人，那些车，那些树，那些活的、死的东西，就是木炭或泥陶，它们在窑口里被烧了百年千年，真是熟透了。一代代人、一批批物事，烧透了，散消了，埋掉了，只有窑口永远都在。人世的光景和烧窑一模一样，填窑、出窑、窑塌、窑起，循环往复。人世间这座窑口,把人和日月烧造出多少模样?

在泉眼边接了一铁锅水,三块石头立起小灶,下面添起柴火,水沸腾起来。开水泡馍。四个人蹲在地上,吃着饭,计算着就要到来的一冬的收入:一窑按一千斤炭算,一冬能出三十窑,就是三万斤,除了供各机关单位用炭,还能往外卖一部分,这往外卖的部分就是自家的收入。黄汉升说:"金宝、银宝,明年春天给你们说媳妇,加油干。"铜宝说:"我也要说媳妇。"黄汉升说:"你是老小,急个啥,一个一个来。"

太阳下山了,秋天的太阳落得急,说落就落,没有一点儿商量余地。从西边山尖上折返回来的光辉给天地涂上了一层金箔。窑立起来了,一人多高,像一座堡垒。窑脚三个门洞,那是填窑出炭的地方,窑顶一溜七个孔,那是排烟的烟囱。黄汉升从窑门爬进去,站起来,头顶还有一拳高的空间。他在心里连声说:真好,真好!虽然这大半辈子也见过、烧过不少炭,但这么大的窑,他还是第一次见。

四个人收了工,往回走,最后的余晖把他们的影子长长地铺在地上。地里的庄稼收尽了,冬小麦才露出地皮,显出茸茸绿意。山上的黄栌叶子,有的落了,有的还在树上,泼了血一样,亡命地红。

三

冬至才过没几天,下起了一场大雪。

毕竟是冬天了,雪落在山坡上、岩畔上、草丛里,就不化了。雪不是沙子,却比沙子更能填充人间的空处和低处。雪越落越厚,一脚下去,脚脖子就被淹没了。青杠、麻栎、黄栌,都落光了叶子,光秃秃的树枝如铁戟银戈,一枝枝戳向天空。整个东洼,黄栌明显多于别的树种,地上的叶子红得强势,雪落了半天,用了很大力气,才掩盖住一地的红。

已经烧了十窑炭了,除了开始一两窑掌握不住火候,炭有些碎,出货少点儿,后面的一窑比一窑好,填进去的树什么样,出来的炭几乎就什么样,斧茬、节疤都保持着原状。学校、信用社、乡政府等,都送了一窑炭,他们就是再能烤火,一冬也差不多能应付过去。接下来就可以往外售卖了,虽然也少不了送人情,但毕竟不是很多,该送的送,不该送的可以不送。日子有了奔头,金宝、银宝、铜宝,三个牛犊子力气就使不完。黄汉升坐在窑场,看着山坡上的树,还多得很,像一块大饼,才被啃了两口。树木密密实实,竹林似的,风在下面吹不透,只能在梢头上游荡,发出呜呜的哨声。

金宝今天没有来,只有三个人干活儿。慢的锯子,快的斧头，各呈功用，树倒下的声音呼啸有力、响彻山林，但比往日显得稀疏多了。人多好干活儿，人少好分馍，一点儿不假。昨天往回背炭，背到半路，金宝的背篓起了火。开始金宝觉得背心有些烫，知道是炭复燃了，想着跑快点儿，还能顶到家，谁知越跑越烫，背篓又重，越急越放不下来。银宝在后面也背着一篓炭，看见哥哥背着一篓火焰在前面奔走，大声喊：快扔掉，快扔掉！金宝扔下背篓时，棉袄也着了火，棉袄看着没起焰，但棉花早燃着了，由内往外燃烧。金宝扯落扣子扒下棉袄，背上起了一背红斑和水泡。虽然伤情不是很严重，但烫伤难愈，没有十天半月好不了。

前半天伐树、备料，后半天装窑，晚上点火，接力赛似的环环相扣。十斤树一斤炭，一窑差不多要装万把斤树，场子上备下的材料像一座小山，劈开的黄栌金光灿烂。装窑也是技术活儿，填太实了，烧得慢；填空心了，出货少。黄汉升不放心两个儿子，让他们在外面递料，他在窑里装填。劈开的树、原木的树，从窑门一根根递进去，窑里一根根码起，忙而不乱。三个人，六只手，组成了一条高速又有序的流水线。黄栌顶火、耐烧，要装填在窑尾，窑头装填麻栎和青杠。装填到一多半，黄汉升有些顶不住了，腰疼难忍，从窑门爬出来，歇一会儿。

银宝说："爹，你歇会儿，我来。"他从窑门爬了进去。黄汉升说:"大木头小木头混搭着填,都是大家伙烧不透。"铜宝说:"爹,我知道怎么递料。"

黄汉升坐在窑场边抽着烟。窑场离村子不算远也不算近,彼此都能看见。通村的公路新加宽没几年,远远看着,比村子庄户崭新多了,也让走过的人和牲畜都显得陈旧。公路像一根树枝,村户人家像枝上的叶叶梢梢。峡河沿着公路流淌,宽宽窄窄,断断续续。

黄汉升远远看见一个人从山下跑着往山上来,近了才看清是黄丫。黄丫说:"爹,王乡长捎信,让咱们一家去看戏。"黄汉升有些蒙,问:"看啥戏?"黄丫说:"外地请来的剧团,专业剧团,活跃乡村文化生活。"黄汉升缓过来,说:"忙着呢,顾不上。"黄丫说:"不行,乡长亲自点名。"黄汉升有点儿受宠若惊,问:"为啥?"黄丫说:"乡长说了,咱一家是给冬天送温暖的人,最辛苦的人啦,还要上报纸!"黄汉升问:"哪天的戏?"黄丫说:"就这两天。"

黄丫带来了几张饼,用报纸卷着,递给黄汉升说:"爹,我回去了,家里还忙着。"黄汉升说:"你回吧。"他随手打开报纸,面粉里加了鸡蛋和葱花的饼还很软和,颜色淡黄,香气四溢。拿起饼,报纸上有几幅图片,内容是关于一场大火的,大火烧死了很多人,很惨烈。

窑火点起来了，红红的窑火从窑门、烟囱伸出来，在空气里乱舔。这是第十一窑炭，与前十窑的一切没有一点儿不同，但黄汉升觉得它很不一样，不一样在哪里他也说不清。

四

戏在小学校门前的麦地里开演。

乡里一直没有剧院，往年唱戏都在学校操场上，但现在学生快期末考试了，怕影响学生学习，校长不同意。于是只能选择在空地搭台，虽然麦苗长到了一寸多高，青乎乎绿得疼人，但踩压并不影响来年的收成。再说，除了麦地，还有哪儿更合适呢？

剧团来自邻省，说是外省，其实只隔着一座山梁。虽说是草台班子，但大家都知道，唱戏这件事，对于河南人来说就没有草草一说，从来都是认真的、实打实的。戏就是他们的日子、他们的命，没人敢把日子和命不当回事。戏班子人还不少，台前的、幕后的，老老小小，加起来怕有二十几号人。舞台前的地上摆了一排椅子，黄汉升一家和几个有脸面的被请到前排就座。看戏的人真多，一片麦地没有了麦子，全是人。不但人多，狗也多，狗比人还开心。比较起来，狗的话比人的话显得少多了，村里村邻的它们彼此早就熟悉了，不像人，都太忙了，见了面有那么多的话要说。

戏开场前，王乡长先代表全乡父老讲话，说感谢剧团跨省下乡送戏，说这不仅仅是送戏，还是送文化，送温暖，送大爱。团长感动地三鞠躬，台上台下掌声久久不息。讲了很多，黄汉升有一些听清了，有一些没听清，不过最后结束时的几句话，黄汉升还是听清楚了——特别感谢黄汉升一家为本次戏剧下乡活动捐款三百元，他们一家伐木烧炭，勤劳致富，不忘乡亲，这份爱心是这个冬天里比炭火还要温暖的炭火。

黄汉升以为自己听错了，当看见银宝、铜宝从座位上跳起来，嘴里嘟嘟囔囔，才知道自己的耳朵没有听错。他一把按住两个儿子，让他们安静下来，又对着身前身后的人们点头微笑了一圈。他心里很快计算出来，至少有五窑炭白烧了。

戏唱的是豫剧《穆桂英大破天门阵》，这是一出折子戏，很长，要唱一个星期。这是一年的最后一场戏，再唱戏，就要待来年。唱到第三天，黄汉升听不下去了，听不下去不是戏唱得不好，戏唱得太好了，那穆桂英，那肖天佐，真是天生的对手。那锣那弦，通天通地通人心。但戏虽好，到底是戏，山上的窑停火三天了,可不是戏。天正冷着,正是卖炭的好时节,窑停三天,就是停掉了一窑炭,一千多斤没了。山下戏唱着,黄家人上了山。

金宝的伤已好得八九不离十,也上了山,他对黄汉升说:"咱这一窑炭不卖,给自己留着。"黄汉升说:"行,咱留一窑,下回轮到咱不知哪年哪月呢。"金宝说:"咱专烧一窑黄蜡炭。"黄汉升想了一会儿说:"要得,黄蜡炭,炭中王,一窑能顶两窑烤。"

一棵棵、一片片黄蜡树,从坡腰,从坡顶,砍下来,劈开来,窑场上摊开了一地金子。

银宝出事的那天早晨,是个阴天,天没有下雪,但比下雪还冷,雪没化的地方是雪,雪化了的地方都成了冰。窑里的树燃烧着,还得燃烧一天一夜才能成炭。山上的树砍着锯着,树已砍到了半山腰上,备料比开始的时候费劲儿多了。

窑里的树烧到哪里,窑顶上的哪个烟囱就会冒白烟,顶上的七个烟囱都冒了白烟,一窑炭就烧成了。歇伙的时候,黄汉升对三个儿子说:"怪了,两天了,咋烟囱还都是黑烟?这窑炭怕是烧坏了。"银宝说:"我去看看。"他爬上了窑顶,从烟囱往下看窑里的火。窑顶热乎乎的,脚踏在上面舒服极了,比睡过的炕滚烫多了。透过烟囱的孔,银宝看见窑内的火呼呼乱蹿,金蛇似的。他对着坡上的人喊:"火好着哩,比哪一窑都好。"老黄松了一口气,回说:"到底是黄蜡炭,不一样。"这时候,银宝突然感到脚下一软,整个窑顶陷了下去。

戏这天收场了,穆桂英大破了天门阵,班师回朝。剧团也搬师回省,但团长没有让班子的人走,让加了一场戏,唱的是《秦雪梅》,秦雪梅一身白缟,为夫吊孝。

五

日子像天上的星月,明了,灭了,走了,来了。一天一天,一年一年,好像一样,又好像不一样。被砍伐一空的东洼,树木又生长了起来,比早些年还繁密,春荣冬枯,花开叶落,仿佛从来没有被砍伐过。依然是青杠、麻栎、黄栌为主,说得出说不出名字的杂树为辅,无数的树里,还是黄栌称雄。到了秋天,黄栌的叶子红得像泼了血一样,让人心里舒坦又心伤,吸引远方的人开着车,呼朋唤友来观看、拍照。寂寂无闻多少年的黄栌,借着抖音和小视频走到了天南海北。

黄家岔还叫黄家岔,只是再没有了姓黄的人家,也没了人气。不光是黄家岔没了人气,峡河一水两岸也都没多少了。

金宝上了人家的门,做了上门女婿,生儿育女,又是一家子人。那地方太遥远了,火车都要开三天三夜,他就再也没有回来过。

铜宝在上海开了一家旅馆,听说生意还不错。树不是一天长大的,生意也不是一天做成的,铜宝的旅馆从门可罗雀到灯红酒绿,奋斗了好多年。好多年不过一挥间。

和峡河以外的人们一样,峡河人的主要营生也是出门打工。有的人就近,有的人打到了远方,到了上海的人会去找铜宝叙叙旧,说说活着的人、死了的人,说说没用的青杠,说说好看的黄栌。铜宝有时候会请来人下一顿馆子,有时候不请。回来的人,有的说铜宝不错,请我吃饭;有的说铜宝忘本了,餐饭都不请。

武关荒芜

　　细雨中的武关古遗址被荒草掩埋，面目模糊，北面的少习山上，一片一片的野桃花在湿漉漉的空气里格外清艳。

　　我从老家峡河骑摩托车出发，过峡联、清油河，穿越312国道，南行六十五公里，来看望古地与古人，也看望现在和未来的自己。

　　今天是清明节。"清明青半山"，古老的季节秩序因为初春的一场又一场降雪和霜冻而被打破了。此时，春天的身影似乎还很遥远，草木枯黄，浩荡无际。武关古关隘在一道山垭上，山垭不高，两边山坡差不多同样平缓。缓坡上补丁一样的地片才被锄头翻过，泥土赭黄新鲜，冒着湿气，正在等待半月后的玉米和苦荞麦下种。如今，垭口的左边是商南县地界，右边为丹凤县管辖；而在两千五百多年前，左边为楚，右边为秦。山垭存在的意义，似乎是永远使两边的人民共饮一河清水又保持必要的距离。

武关新镇就在右边不远的山坡下,建筑依河呈一道弯月形,鸡犬声隐隐可闻。隔岸绕行的312国道车轮呼啸。两千多年前的武关村舍、民居是什么样子,已经无可考证,可以想象的是,那时候的人烟规模无论如何不能同今日相比,如今的武关已经是拥有两万多人口的充满现代气息的大集镇。

武关河虽然统领了峦庄河、毛园河、八岔河、峡河,但并不盛大。这个季节,流水在乱石遍布的河床上显得格外温驯,它清澈明亮,缓缓东流,擦过镇子整个边缘,仿佛一把初磨的新刀在小镇的肚皮上温柔地划了一刀。北方河流统一的特征是夏丰冬枯,充满了季节物候的特点,大多为季节河。武关河再东流十里,与丹江汇合。对于汉水和长江来说,武关河一直是可以忽略不计的源头之一,但对于地理和历史来说,这条河流却是近乎永恒的存在。这是自然不破的法则,也是人间最庄严的公正。

关于发生在这里的那场著名的悲剧,有很多版本,每个版本和传说各有源头。历史的悲哀是,后人无法从历史中找到真正的真相,这使历史成为一个更加飘忽混沌的谜,所谓历史即谜本身。今天,我从一位香客老头儿的嘴里,听到了另一个版本。

这是一个年过花甲的男人,河南口音,说话中果然自称是南阳西峡人。他赶两百里路而来,来垭口一旁的小小观音庙里为孙子祈求平安——他唯一的孙子出门打工数年,杳无音信。他烧了香,磕了头,我们坐在庙门口的台阶上闲聊。他递给我一支烟,我说我很多年不能抽烟了。他自个儿点起来,故事随着烟雾从缺牙的嘴巴里缓缓吐出。

"那是个秋天,也可能是夏天,总之树木杂草长得可得劲儿了,草木茂盛就适合隐藏兵马。当时,秦人的兵马早早就设伏在草木深林里。而更早的时候,有一支楚军队伍打着旗帜,护卫着他们的君王从郢城出发,郢城可远得很了,他们赶到武关时走了一个多月。楚国和秦国打了几年仗,败多胜少,大伤元气。这时候和谈是没办法的事,但奇怪的是和谈要求是秦国提出的,这里面就藏着猫儿腻,这个猫儿腻楚怀王可能没有看出来,也可能看出来了,但他还是存着侥幸。"

老人用手指了指眼前的草丛,继续说:"白起的大军就埋伏在草木树丛里面,那时候的草木比现在茂盛。边界上没人敢种地呀,一旦打起仗,火烧马踏,山河变焦土,就白种了。"他又指了指山那边的山坡说:"楚怀王他们就是从那边上来的。你看,两边的草木至今都不一样,一边深,一边浅;一边明亮,一边森阴。"我仔细看了看,发现山坡两边的草木长势还真有区别,一方浓烈,一方疏淡,但毫无疑义的事实是,提供营养的土质与雨水并无差别。他又接着说:"楚怀王他们被迎入了武关,蜂拥而上的秦军立即关闭了关门,缴了楚王卫队的械,又快速将他们押送到了咸阳。唉,楚怀王如果在关门前犹豫一刻,一切就都还有机会。"

"到达咸阳之后,秦昭襄王对楚怀王用尽了办法,软硬兼施,迫使楚国割让土地,但遭到了楚王的拒绝。秦昭襄王君臣无法从楚王手中拿到割地的命令,只能选择将楚王一直囚禁。楚怀王的日子不好过啊,楚国的日子也不好过。三年之后,老楚王在咸阳抑郁成疾,随后病死……"

他最后说:"楚怀王是个糊涂蛋,就连村里人也明白的一个道理,不能与虎狼之人打交道,更别说家国性命的大事。"他又叹息一声,"命运是件没有办法的事情!"

这段说法并无多少新意,不同的是与眼前实地实物交融的细节。事件仿佛就发生在眼前,两千年后的两个人充当了两千年前悲剧的当事者。

我们都有些伤感,为楚怀王,为许多人许多事,也为各自的生活与命运。如果楚怀王听从劝阻,不那么任性,历史会不会是另外一个结果、另外一副面貌?历史的进程会不会是另外的走向?但历史不容假设,要说还有点儿意义的,那就是,对待事物、对待责任和命运必须慎重。好在,时间自有法则,巧取豪夺把人性之恶放到最大的秦"其兴也勃焉，其亡也忽焉"。

我们互道珍重，他骑车下山了。我在心里祈祷他的祈愿有一个好的结果，希望他孙子突然有一天荣归故乡，带着妻女车子。下山的路像他的身影一样飘忽，从沟底盘盘绕绕飘过山梁，那是一个君王和他的国家最后无归的路。老香客的摩托车有些旧了，烧机油，排气管喷着一溜长长的蓝烟。地里揽秸秆的妇女、给菜施粪的老人、天上无声的流云，都驻足看着一个陌生人一溜烟地驰过，仿佛一场梦看着另一场梦。

在武关街一家农家乐，我要了一碗米饭、一条清烧河鱼、一碗菜汤。店主人说鱼就来自武关河，的确味道鲜美无比。武关河连通着众多河流，这些不足筷子长短的鱼是当地所产，但是来自哪条河流，不得而知。在细细品味中，我莫名品出了一丝童年的味道。四十多年前，峡河还很浩大，河里终年游动着状如眼前盘中鱼的小黑鱼，我们叫它鲈鱼，它似乎永远也长不大。放学了，我和玩伴们顺着河水往上或往下摸鱼，一摸就是好几公里。那时候鱼真多，到天黑前能摸出长长一柳条串儿，像电影里士兵们的子弹袋一样挂在腰间。事先，我们从供销社的木头盐柜里偷了或者干脆讨要了盐。我们用火烤鱼，撒上盐末，真是美味，最后连刺也不剩一根。它成为寡淡的少年时光里最重要的味道之一。

在夺山而出的武关河口，我去寻找一九九九年春天的一群人的行迹与身影，但除了流水依旧，什么痕迹也没有了。平整的水泥公路早已取代了当年的泥土小路，水泥钢筋平房取代了土木结构的民舍。

那是个寒冷的初春，我们一群青年去潼关的秦岭矿山开矿。那时候小秦岭的黄金开采业已进入高潮，但有一些矿口的条件还十分简陋，说到底，并不是每一个老板都有实力。在工作面，我们用大锤和钢钎掘进，每天前行不足半米。我们干了一个月，手掌都磨出了茧，虎口裂了口，扣除伙食费后，谁也没有挣到钱，一些人不得不选择跑路。但这时候，谁的身上还有多余的钱呢？为了省钱，我们选择了走大路，即从潼关坐火车到西安，然后坐大巴到丹凤县城转车回家。比较起来，这样的选择要比坐从华阴到洛南的私人拉客吉普车省钱得多。大巴车在翻越蓝田至黑龙口老秦岭公路时堵车了，我们被堵了整整一天，到通行时天已经黑了，我们又困又饿，在长途颠簸中全都睡着了。这是一趟从西安开往襄阳的大巴，一路飞驰，直到武关时，我们中的一个才醒过来，但这时早过了县城，一切都晚了。我们下了车，找旅馆住下，计划天亮后再返回县城转车回家。

旅馆叫段记客栈，店主姓段。后来我才知道，武关街上的人家，以段姓、田姓为主，我曾问过他们的来历，但他们对于家族更早的历史几乎一无所知。见我们一群蓬头垢面的年轻人叫叫嚷嚷，店主有些害怕，因为她们是一对母女，家里没有男人，但不收留我们也不行，刮着冷风的街上再无第二家客栈。我们饿得前胸贴后背，要吃饭，但街上饭店都关门了。店主给我们做了一锅糊汤，又黏又稠的玉米粥，没有菜，但不影响我们风扫残云。大伙儿很不好意思，觉得无以为报，就把一包点心送给店主的女儿。点心很贵，它来自老秦岭堵车中当地人的兜售。那些年，老秦岭上，百姓以冬天帮助通行车辆挂防滑链和向困客兜售零食为生。我好奇地问店主："你家男人呢？"她说："被抓了。他不懂事，喜欢剃光头、穿花衬衣。"

早上起来，店主告诉我们顺着武关河可以到峡河，不用返回县城。我们就顺着河水走，大家都不知道从武关到峡河有多远、路况怎么样，但知道峡河的水流到了武关，有河就有路，河道就是路道。我们最大的底气是青春，青春就是力量，还有人手一支可以对付黑夜的手电筒。我们走了一天，天黑时，终于看到了峡河口的人家窗户上亮起的油灯。

街上有个人建议我去看看武关老街。兴建于民国的武关老街离新街不远，房子很矮小，多已失修，破败不堪。因为这里被纳入了文物保护范围，房主无法翻建，都搬出去了，而开发似乎是遥遥无期的事情。就这样，百年老街一年年任风吹雨打。

保而不护似乎是今天许多古建筑共同的命运。街头的几块石碑上刻着一些有关武关的古诗词,有新有旧,共同诉说着历史烟云与世道人心。其中有一首,是湖南人谭嗣同的《武关》:

> 横空绝磴晓青苍,楚水秦山古战场。
> 我亦湘中旧词客,忍听父老说怀王。

这是一首让人难过的诗,它写给武关,写给怀王,也写给多年后的作者自己。武关与菜市口,以一首诗而相连,后者寂寞,没有人为它写过一首凭吊的诗。

新街和老街都行人稀疏,有老无少。问一个卖苹果的老人家,他说年轻人都去南京了。早就听说过武关人在南京开饭店的事,今天才知道南京城里有五六千武关人,他们开饭店、开超市、参与房地产与金融业,挣来的钱在老家买了车、建了房,做起慈善,而有一些人完全融入了那片异乡世界,与乡土渐远。

文明,似乎又以最民间、最朴素无声的形式回到了本来的轨道。

摩托车驶上街头的长坪公路,这是为抗战输送兵源和物资而修建的公路,从长安到西坪,中间翻越茫茫秦岭。爷爷的父辈中有人曾是筑路队伍中的工人,曾听爷爷讲过他们的故事,一些故事记得，一些故事已忘了。记得的一个是，筑路者有一度炸药用尽了，一个人每天只能凿下一碗坚硬无比的石渣，以寸的进度把公路往前推进。

车轮沙沙，春风呼呼，我回头再看一眼古武关，它像一道梦境，渐行渐远，也渐行渐模糊，在野桃花与荒草中更加飘摇、衰败、荒芜。

人间本荒芜，发生过的一切终将寂凉与消散，这是历史和其中无数物事的最后和必然的结局，但比起每一颗人心里的田园破败，这些又算得了什么呢？

[全文完]

人间旅馆

作者 _ 陈年喜

编辑 _ 邵蕊蕊　　装帧设计 _ 达克兰　　主管 _ 邵蕊蕊
技术编辑 _ 陈鸽　　责任印制 _ 刘淼　　出品人 _ 李静

营销经理 _ 孙菲　　物料设计 _ 孙莹

果麦
www.goldmye.com

以 微 小 的 力 量 推 动 文 明

图书在版编目（CIP）数据

人间旅馆 / 陈年喜著. -- 天津 : 天津古籍出版社, 2025. 6. -- ISBN 978-7-5528-1585-6

I. I267

中国国家版本馆CIP数据核字第202517CH19号

人间旅馆
RENJIAN LÜGUAN

陈年喜　著

出　　版	天津古籍出版社
出 版 人	任　洁
地　　址	天津市和平区西康路35号康岳大厦
邮政编码	300051
邮购电话	（022）23517902

策划编辑	赵子源　张凤莲
责任编辑	王海燕
特约编辑	邵蕊蕊
装帧设计	达克兰

印　　刷	河北鹏润印刷有限公司
经　　销	果麦文化传媒股份有限公司
开　　本	880mm×1230mm　1/32
印　　张	8.25
字　　数	145千字
版次印次	2025年6月第1版　2025年6月第1次印刷
印　　数	1-10,000
定　　价	58.00元

版权所有　侵权必究

图书如出现印装质量问题，请致电联系调换（022-23517902）